谁毁了我的象牙塔？

焉然@远方流浪记　著

中国铁道出版社
CHINA RAILWAY PUBLISHING HOUSE

图书在版编目（CIP）数据

谁毁了我的象牙塔？/ 焉然 @ 远方流浪记著. —北京：中国铁道出版社，2017.8

ISBN 978-7-113-23211-5

Ⅰ. ①谁… Ⅱ. ①焉… Ⅲ. ①中篇小说－中国－当代
Ⅳ. ① I247.5

中国版本图书馆 CIP 数据核字 (2017) 第 131176 号

书　　名：谁毁了我的象牙塔？
作　　者：焉然 @ 远方流浪记　著

责任编辑：田　军　　　　**电　　话：**（010）51873038
编辑助理：奚　源　　　　**电子邮箱：**tiedaolt@163.com
装帧设计：中北传媒
责任印制：赵星辰

出版发行：中国铁道出版社（北京市西城区右安门西街 8 号　邮编：100054）
印　　刷：中煤（北京）印务有限公司
版　　次：2017 年 8 月第 1 版　2017 年 8 月第 1 次印刷
开　　本：880mm×1230mm　1/32　**印张：**6.75　**字数：**90 千
书　　号：ISBN 978-7-113-23211-5
定　　价：35.00 元

拥有的都将失去，

相逢的终会别离。

巴叶子：

希望你们不要因为我而把这个世界想得过于黑暗。当然，它也的确不如你我最初所想象的那般美好。

秋婉：

那些不堪回首的过去就像一个溃烂的伤疤，揭开就是血肉横飞。

尔文：

人们到处陈述着梦想，但大多数都只是欲望。

英伦：

世事无常，唯愿轻松活着，用力告别。

距离高考还有

1 天

高考进行时

十年磨一剑，今朝试锋芒。他们怀揣着伟大的理想，背负着家长的殷切希望，用热血迎来了青春岁月中最具挑战性、最能激起奋斗搏击欲望的新起点。为了志向，他们一路跋涉，大浪淘沙，千锤百炼。这样一个在我国举足轻重的残酷考试，备受外界的关注。通过它他们可以“鲤鱼跳龙门”，通过它他们可以“寒门出贵子”，通过它他们可以破茧而出“证明自己”……

第一章 DIYIZHANG

“我叫巴叶子，今年 17 岁，来自山东省菏泽市，我的考号是 0787……”

巴叶子思绪飞腾，回想着考试时的一幕幕。就在报到这天，她 18 岁了。对她而言，手中的大学录取通知书就是收到的最好的生日礼物。她踌躇满志，正可谓：功夫不负有心人，守得云开见月明。

车厢里，堆着七件行李，外加一盒生日蛋糕，六个人齐聚一堂，喜笑颜开。分别是巴叶子一家三口，巴叶子的姥姥、舅舅、舅妈。

巴叶子的家人都叫她“小清”，因为她有着清爽的头发，清秀的脸庞，清澈明亮的眼眸。还有那由内而外散发出的如蒲公英般清新飘逸的气息，就像是一缕暖暖的轻风，从人们的心底掠过——一种女孩儿的恬淡和自然之美，仿若不食人间烟火，却让人没有距离感。

巴叶子是家里唯一的大学生，父母是普通的工薪族。家庭条件虽不富裕，但她自小集万千宠爱于一身，又是第一次离家，这不，全家决定组团送巴叶子去首都报到，并在通往“梦想”的途中为她庆生。

这场火车上的“成人礼”让巴叶子更加强烈地感受到全家给予的厚爱。她暗下决心，一定要利用大学四年的时间努力增值，早日出人头地，为家人分担经济上的困难。

几个小时的车程即将结束，列车缓缓进站。巴叶子一阵阵激动，心花怒放。她知道，她离自己翘首以盼、朝思暮想的大学是越来越近。这对她来说犹如梦境，美好得近乎不真实。

“嗨！你好我的大学！我巴叶子来啦！”

六个人搭乘两辆出租车一路来到学校。车子刚刚停在校门口，巴叶子就欢呼雀跃地第一个冲下了车，站在校园门口对着操场大喊，随后才想起自己的亲友团和行李。当她回身要帮忙卸下行李时，只见全家每个人都是手提着大包小包，正用喜悦的表情看着她。

巴叶子故作镇静地咳了一下，以一种东道主的口吻讲起话来，扑面而来的是一股傲娇。

“Ladies and gentlemen，welcome to my college！”

“啥意思嘛大学生？我们这里缺个翻译！”

亲友团笑声迭起。

“就是欢迎你们来我的学校做客，哈哈哈……”

就这样，一个晴空万里的午后，巴叶子昂首挺胸，迈着矫健的步伐，在亲友团的拥簇下，走进了她向往已久的大学。

不出十秒钟的工夫，除巴叶子之外，所有的人都逐渐失去了淡定，她突然变成了看行李的人。只见巴叶子的姥姥和每个擦肩而过的人都笑脸相迎，热情地打招呼，如刘姥姥进大观园，眼花缭乱、乐不思蜀；舅舅、舅妈开始各种摆拍，张张都是“游客照”；再看巴叶子的父母，两人正激动不已地四处走动，赞扬这座校园是多么高大上……

巴叶子伫立在原地，阳光映射在她的脸上，美妙极了。她的嘴角微微上翘，含着一抹明媚的微笑。能成为家人的骄傲，人生最大的幸事莫过于此吧？

巴叶子突然意识到一个问题：难道大家都忘了和自己这个未来的艺术家合影吗？

就在这时，舅舅走了过来，申请和外甥女照相留念。

“还是舅舅有觉悟。”

巴叶子满意地点了点头，拍了拍舅舅。此举吸引了亲友团其他成员的目光，他们都纷纷走过来参与到了“拍照留念活动”中……

“活动”结束，巴叶子在妈妈的陪同下去做了登记，领了寝室的钥匙。

巴叶子被分在317寝室2床。床铺在靠窗的位置，上面是床，下面是桌子，衣柜十分宽大。与其他三个床位不同的是，巴叶子的衣柜门上有一面可以照到全身的大镜子。这一切都是巴叶子所喜欢的。

七件行李到位，巴叶子的床位已是满满当当。作为寝室里第一个报到的，她决定用最少的时间将行李化整为零。

首先要解决的无疑是铺床的问题，妈妈早已果断揽下这个“重大任务”。她殚精竭虑地想把巴叶子的床铺成“家的感觉”，床单、被褥、枕头都是在老家新做的。

巴叶子仔仔细细地将桌子、柜子擦了两遍，便开始放置自己的那些“小物件儿”了，衣服、鞋子、背包……巴叶子心存感激，她的物品虽不华贵，甚至没有一个名牌，却全蕴含着家人深厚的爱。

一切安置好后，妈妈又将巴叶子的“小窝”从里到外地擦了一遍，就下楼和亲友团会合了。

巴叶子怡然自得地欣赏着这属于自己的地带，幸福感爆棚。这是她将生活四年的小家。她走到窗前向宽大的操场眺望，不禁觉得这个位置的视野太棒了！

这时，一辆耀眼的迈巴赫缓缓驶进了校园，后面紧跟着一辆奥迪 Q7，声势浩大。早就听说这所学校的学生有些家境不一般，曾感叹自己是个“幸运儿”，果不其然，眼前的景象惊呆了巴叶子。

“报到都摆这么大阵仗……还真是高‘财’生耶！”

巴叶子不由自主地嘀咕了起来。不过，她并不羡慕这样的形式，甚至对此有一丝不屑。

车子停稳后，从迈巴赫副驾驶位置下来一个亚麻色头发的女孩，背着 MCM 双肩包，身材匀称、气质出众。她扬起下颚，高傲地注视着前方。女孩的父母也随后下车，和女孩一起去了报到处。

开奥迪 Q7 的是女孩家的司机。看到女孩一家从报到处走出来，他迅速将后备箱里的一个大皮箱提了下来，又从后座拿出一个电脑包和七个鞋盒。

这确定是来上学的吗？巴叶子越来越觉得这样的情景只在电视里才见过。这真是让她大开眼界，不由感叹：大学果然是传说中的“万花筒”。

“Hello！”

一个清脆响亮的女声从 317 的门口传来。

巴叶子转过身的同时，也友好地回了一句“Hello”。只见一个女孩儿身侧挂着个电脑包，抱着两摞鞋盒走了进来，盛气凌人地向巴叶子大喊了一声：“嗨！”

好熟悉的身影……

“啊！是你！你就是刚才楼下那个……我刚才看见你啦！”

巴叶子的惊叹正中女孩儿下怀，完美地满足了她的虚荣心。她原地放下鞋盒，大呼了一口气，洋洋自得地撩了撩头发，莞尔一笑。

“我叫英伦，你呢？”

“原来你就是英伦，我们班里最小的那个女生呀。我叫巴叶子。”

“呀？你怎么知道我的？巴叶子这个名字真可爱啊！”

“签到的时候，我看了咱们班的登记表，我觉得你的名字也很好听。”

巴叶子以欣赏的目光从上到下仔细地观察着英伦。她竟然只有 15 岁？15 岁就一身名牌、坐豪车上大学了？这对巴叶子来说有些不可思议。她觉得英伦很漂亮，像外国人，光滑而又立体的脸蛋儿如同大理石，而那慧黠动人的双眸如同嵌在大理石上的宝石，一眨巴、一眨巴，酷似洋娃娃，精致得让人无可挑剔。还有她那种独特的超出实际年龄的小女人气质，如同她的名字，美丽绝伦。

“对了，你应该是这个床。”

巴叶子不假思索地指向了英伦身旁的 1 号床。

“这你又是怎么知道的呀？”

“我还看了我们寝室每个人的床卡啦。”

英伦捧腹大笑，巴叶子也咯咯地捂嘴而笑。

伴着一阵滑轮的声音，英伦的妈妈推着一个大箱子走进了寝室，举手投足与英伦出奇相像，年轻貌美的程度容易让人误认是英伦的姐姐。她眼前也一亮，瞬间被巴叶子吸引了目光。

“这小姑娘长得真漂亮呀，干干净净的！”

“谢谢阿姨，我也觉得英伦好漂亮呢！”

“妈，她叫巴叶子，名字好听吧？”

“好听，好听，你是哪里人呀，小姑娘？”

“我是山东菏泽的，你们呢，阿姨？”

“怪不得呢，山东姑娘就是漂亮！我们是北京的，有时间和英伦到家里来玩儿啊。”

“好的阿姨。”

难怪这么霸气，原来是“地头蛇”。巴叶子像明白了什么似的。

“你俩肯定是你们班里最漂亮的女生。阿姨看好你俩，以后你俩就一起搭伴儿，学习上、生活上，相互照应，互相帮助。”

“得嘞您！”英伦随即用一口流利的京片子答应。

“得……得嘞，阿姨。”巴叶子也跟着学了一句，笑得英伦母女俩迟迟合不拢嘴。

“那阿姨你们慢慢收拾，我先走啦。家里人在楼下等我呢，拜拜。”巴叶子向英伦母女告辞后离去。

她轻松地走在校园的操场上，快乐地穿梭于来往的同学之间，心弦产生一种甜丝丝的幸福的颤动。天是蓝的，蓝得宁静；云是白的，白得惬意；草是绿的，绿得娇嫩；花是红的，红得火热。这里的空气如一股清泉，浸润着巴叶子的心田。她抬头试图寻找自己寝室的窗户，发现英伦母女俩正伏在窗台上看着自己，并窃窃私语着什么。巴叶子自然地挥了挥手，英伦母女笑着回应。

北京人给巴叶子的感觉是有些骄傲的。英伦又是富家千金，即使自己被议论也是正常的。对这些，她从不往心里去。因为从小到大，她一直都是女生嫉妒的对象，从老师到男同学无一不喜欢她。容貌是一方面，重要的是，她比其他人更努力。用一句话概括就是：天生丽质难自弃。所以对于这样的场面，她早已经免疫了。其实她不知道，英伦还真是一个确确凿凿的“小八婆”呢。

然而刚才母女俩的对话却是这样的：

“妈妈，你说巴叶子现在有男朋友吗？”

“这孩子看起来挺朴实的，一瞧就是特别用功的类型。你要多和人家学点儿好。”

第二章 DIERZHANG

巴叶子和亲友团会合后，几个人一同在学校周边转了转。到了傍晚，他们来到了学校旁人气最高的一家小饭馆。吃饭的多数都是这个学校的学生，巴叶子的师哥师姐。

他们的邻桌坐着两个男孩儿和一个女孩儿。桌子上空烟雾缭绕，一男孩儿和一女孩儿同时抽着烟。两个男孩儿侃侃而谈，在聊大一第一学期的上课内容，一副“过来人”的样子。女孩儿无从置喙，不输出，只接收。

“那个师姐好性感的样子，她还抽烟耶。”

“我不太接受女孩子抽烟，对身体也不好。”

“师姐，你的包掉地上啦。”

巴叶子没听到妈妈的话。这一句话，让邻桌三个人的目光同时转到了巴叶子身上。女孩拾起包说了声谢谢，又目不转睛地盯着巴叶子看了看，觉得她漂亮的同时，又感觉似曾相识。

“你是这届表演系第一名吧？”

“师姐你怎么知道？”

“别叫我师姐啦，咱俩一个班。我在网上看见过你的照片。”

这个女孩儿叫尔文，也是大一新生，应届时高考失利，重新复读一年才考上。暑假的时候，在校园网上认识了一些学校的师哥，这不，报到第一天就开始取经了。

尔文自小独立要强，家境殷实。父母在东北老家做生意，但陪伴她的时间少之又少，连这一次的报到也是无暇顾及。不过，对于尔文而言，她只身前来也无妨。

“你们这届新生质量确实高。”

说话的是其中一个男孩儿，火星，表演系大四的师哥。他被巴叶子不沾世俗的气质深深吸引，觉得她有一种异乎其他女孩子的磁场。

“我们竟然是同学耶，那你是哪个寝室的呀？”

“317，你呢？”

“真太巧啦，我也是！可刚才怎么没看见你？”

“我还没上过楼，行李还在楼下阿姨那儿寄存着呢。今晚你住校吗？”

“我这几天和家人住，他们想在北京玩儿几天。咱们一军训，他们就撤啦。”

巴叶子边说话，边把目光转向家人。尔文和巴叶子的家人一一点头，友好微笑。巴叶子的家人们同样以笑容回应。

“孩子你老家是哪里呀？”

“奶奶，我是东北的，家在大庆。”

“东北人性格都好，怎么没看见你父母呀，孩子？”

“他们太忙了，没时间送我。我是自己来的。”

“这孩子，真出息、真自立！我们家这个，从来都没离开过我们。第一次来这么远的地方，我们都不放心，这不想着多陪她几天。孩子你这么优秀，平时生活上得劳烦你多照应着点儿她。正好你俩还是一个屋，多好，多好！”

“您放心吧，没问题。我比她大，就当自己妹妹了。”

巴叶子稍微有一点点尴尬。她认为，自己虽然是第一次出远门，但早已经不是一个小孩子了。于是，她用脚踢了踢姥姥，暗示她话说得有点儿多了，希望姥姥关上话匣子。

“你看这孩子，还踢我不让我说了。好好，我不说了……哎，我们家这个可腼腆了。”

世界仿佛静止了。巴叶子感觉自己的脸就像一个火炉，滚烫，好像一摸上去，就会起泡。她用余光扫视着四周的人，好像大家都在看着她，看着她那张火炉般的脸。啊，真想找个地缝钻进去！

这一幕让火星更加觉得巴叶子单纯可爱，对她的好感油然而生，且强烈。

晚饭过后，巴叶子和家人在一个离学校最近的旅店住下了。尔文自己回到寝室，英伦收拾完床铺就回家了，所以今晚住寝室的只有尔文一个人。她麻利地安置好自己的小窝，就迫不及待地接上网线上校园网了。

“你们班的那个女生叫什么？”

“巴叶子，我俩是对床。”

火星立即在校园网搜索巴叶子的名字，发现巴叶子并没有注册过校园网账号。这姑娘果然与众不同，竟然不玩儿社交软件。

他到网页上输入“巴叶子”三个字，终于看到了相关新闻——“首艺（首都艺术学院）20xx届状元，山东女孩儿巴叶子”。新闻的配图是巴叶子考试现场照片和免冠照，眉眼之间怎么看都透着股灵气和文艺气息。从这时起，他认定巴叶子是个潜力股，将来一定会有很大的发展空间；也是从这时起，他开始默默地关注上了巴叶子。

几天时间很快过去，巴叶子的亲友团晚上就要坐火车回老家了。但还有一件重要的事情没办，这还是尔文提醒了巴叶子。那天两个人发信息聊天，尔文说觉得无聊，自己在看电影，巴叶子问尔文在哪个电影院。尔文告诉她，自己在寝室抱着本子看，没有人陪自己去电影院。

巴叶子这才了然。她和家人一商量，家人一致觉得巴叶子也应该有一台自己的笔记本电脑。不然每个同学都有，就巴叶子没有，岂不容易让她自卑？

这天下午，全家人一起去电子城给巴叶子选了一个价位中上的笔记本电脑，巴叶子爱如珍宝。家人的行动使巴叶子备受感动，她虽然嘴上不说，却铭记于心。为了给自己最好的一切，家人一直省吃俭用，这样的爱怎可辜负？

亲友团送巴叶子回到学校后，便去往火车站，踏上了返乡的路。巴叶子的新生活正式到来，这是一种海阔天空的明朗。

她对大学生活有着无数的憧憬与期待。远离父母的庇护，这一次，她真的像小鸟一样，从家人身边飞走，独自置身于这五彩缤纷的世界。

巴叶子抱着笔记本电脑兴高采烈地回到寝室，一推开门就闻到特别浓郁的水果香气。只见门口 3 号床的桌子下堆着一大箱子水果，这些水果是秋婉父母特意从老家海南空运来的。她是这一届新生中最后一个报到的学生，也是最后一个出现在寝室的女孩儿。

秋婉正坐在床上，嘴里叼着芒果核，曲不离耳，机不离手，依然故我地发着她永远都发个没完没了的信息。时时刻刻，分分秒秒，一切尽在掌握，仿佛离开了手机，整个世界就是天黑。

“Hi！”

巴叶子挥动手臂，主动向秋婉问好。

“Hi！你是巴叶子吗？”

“是的，嘿嘿。她们两个还没回来吗？”

“她俩买水果去啦。”

话音刚落，英伦和尔文每人拎着两袋子水果接踵而至。

现在，317 的姑娘们终于聚齐了，寝室里瞬间热闹了起来。属于她们的大学生活在喧闹中开始了。巴叶子迫不及待地回自己的地带放置好自己的笔记本电脑。秋婉摘下耳机，将手机音乐变成了公放，从床上爬了下来。英伦跟着音乐节奏摇摆了起来。尔文在寝室里绕了一圈，为每个人送上西瓜。

“你们快尝尝这西瓜，大爷说可甜啦。”

“哇，你的身材好棒啊！”

姑娘们在音乐中津津有味地啃着西瓜，巴叶子却像突然发现新大陆一样。尔文谦虚地笑了一下，她是班里个子最高的女生，四肢修长，言谈举止散发着一种高贵的大女人气质，十分有味道，标准的五官中流露出一种大气，堪称东北姑娘的典范。

最羡慕她的其实是秋婉。她为了让自己玲珑的身躯再长得高一点点，什么招都试过，跳绳、补钙、吃增高药，但都无济于事。谁让她已经近乎完美了呢？她肤如凝脂，猫一样狡黠漂亮的琥珀色眼睛和俏皮的鼻子。说她清纯，便忽视了她玫瑰难以比拟的娇艳；说她艳丽，便亵渎了她百合难以比拟的纯美。宛若不染纤尘的花中仙子，洋溢着青春与梦幻。

第三章 DISANZHANG

明天就要军训了，这对于四个金枝玉叶的姑娘们来说无疑是一件很残酷的事情。在这一天真正到来之前，姑娘们都绞尽脑汁，为迎战做着充足的准备。

“我听咱们师哥说垫增高鞋垫站军姿不累。我带了，你们都准备了吗？”尔文问大家。

“其实卫生巾比增高垫好用，是他们男生不好意思用吧？哈哈，咱女生都垫卫生巾。我这儿可多了，管够！”英伦说。

“你们都好有经验的样子。那教练会不会让我们练夹纸牌、顶水杯那些东西？最后搞得我们头昏眼花，摇摇欲坠的，我看电视上都是那么演的。”巴叶子说。

“他们要是真给咱练这些东西的话，我就提前教你们一个特别好用的窍门，就是站着的时候身体向前倾，这是防晕倒必杀技！”英伦起身给大家做起了示范。

“把脚后跟稍稍抬起，重心放在脚尖上，然后身体稍稍前倾，这样就不容易晕倒了。但是，同志们！万一这样还不起作用的话，最最重要的是，摔倒时要保持姿态的优美呀。这样教练就会‘怜香惜玉’啦！”

英伦说完故做可怜状，惹得大家笑中带泪。

“还有，咱们必须要多喝水，不能是饮料。饮料会加速消耗我们体内的水分，容易适得其反。”尔文说。

“最好放点盐！”

一直低头看手机的秋婉终于开口说话，同时引来了巴叶子、尔文、英伦纷纷的不解。

“真的假的？”

“为什么呀？”

“确定不是在开玩笑？”

“因为盐水能够调节体内细胞的钾和钠的比例。”

三个人对秋婉的解释共同表示膜拜。

“你是理科生吗？”巴叶子问。

“我男朋友是。”

“你都有男朋友啦？你男朋友是老家的吗？”英伦又开始八卦起来。

“是的，他是我高中同学，是我的初恋。”

秋婉满脸洋溢着甜蜜，继续低头看她的手机。

“好吧，不许秀恩爱，哼。”

几个人相视一笑。

“咱们应该在被军训摧残得惨不忍睹之前先来一张合影！”

英伦边说话边拿出相机。她“噌”一下蹿出寝室，叫住了刚好经过317门口的阿姨。

“阿姨，麻烦您帮我们拍张照片可以吗？”

“嗬！你们新生一个赛一个美，得嘞。”

阿姨也跟着美滋滋的。姑娘们决定以后每年都要拍一张合影，直到毕业。

英伦把照片发布到了校园网上，并配上文字：“317的四朵小花。”

“亲爱的文儿去我那儿拿图吧！”

“哦啦！”

巴叶子和秋婉不玩儿校园网，英伦又把照片发到了她俩的手机上。短短几分钟的时间，英伦就收到了不计其数的留言——她们被师哥师姐们评为这一届新生的“颜值担当”。秋婉把照片发给了男朋友，他认为秋婉是几个人当中最漂亮的。

“你怎么这么小就考大学了？”尔文问英伦。

“我小的时候大人们就说我条件好，不从事艺术可惜了。这个学校是我心中最高的艺术殿堂。我想早晚都要考的，于是就试了试，没想到这么顺利就考上了。我现在一想到我是这个学校的学生就感觉特别有面子。”

“你多幸运，我考了两年才考上。第一年文化课落榜掉到大专，家里人都劝我就上大专吧，幸好我坚持住了。我又不是专业课没考上，我完全有这个能力上本科，为什么要将就？要不是因为热爱，我恐怕很难再坚持一年。人生能有几回搏呢？这一年过得太煎熬了，不过总算是熬过来了。”

“你真有魄力，我佩服你。那你为什么选这所学校？”

“为了梦想和追求。”

“对，考咱们学校的人都是有梦想的人。”

“你呢，叶叶？”英伦接着问巴叶子。

“我把能考的学校全都考了一遍，但是最喜欢的也是我们这个学校。我喜欢表演，以后想成为一名真正的演员。”

巴叶子内心深处还有一些说不出口的想法。那就是，她希望实现梦想的同时，也可以通过自己的成功改变家族命运，让家人过上好的生活。

“要是选班长的话，咱们都选巴叶子吧，我觉得她特靠谱儿。”英伦提议。

几个人一致赞成，巴叶子受宠若惊。其实，最想当班长的人是秋婉，但是她又没有勇气毛遂自荐，只能把小火苗熄灭在心里。为了掩饰内心的失落，她故意装作特别高兴的样子。这反倒引起了姑娘们的注意。

“就你刚才没说话，我们都说了。”

英伦瞟了一眼秋婉，一付颐指气使的神气。

“今天，我以我的大学为荣；明天，我要让我的大学以我为荣！”

秋婉停止了手机音乐，寝室里的空气突然凝固，全体安静了三秒，随之而来的是给秋婉的阵阵欢呼声。

“说得太好啦！这以后就是咱们的标语啦！”

巴叶子把这句话写了下来，贴在了寝室的门上。尔文和英伦同时在电脑上敲击，把标语发布到了校园网上。几个姑娘都像打了鸡血一样兴奋不已。

经历了题海战术，考场上疲乏不堪的战斗，她们在泥泞中跋涉，从尘埃中脱颖，在丛林中踏出了一条自己的路。她们来到这里，就像一幅幅未经雕琢和打磨的山水风景画，纯真无暇、生涩稚嫩。她们的面前是一团火，一团闪着崇高、热情光芒的火。这火烘热了她们的心房，美丽、耀眼的光环包裹着她们。

这是一间充满了梦想的小屋子，这小小的寝室，藏着女孩儿们巨大的梦。就这样，大学生活的第一个夜晚，姑娘们在欢声笑语中度过了。

第四章 DISIZHANG

317里的闹铃声接连响起，军训的日子如期而至。姑娘们用最短的时间整理好床铺，洗漱、擦防晒、换上迷彩服，在鞋子里做足小把戏，吃了顿饱饱的早餐，到操场上集合去了。

在军训开训典礼上，明令禁止军训期间穿军装的新生出校门。既为防止大家到校外买零食，也为让新生做好随时集合的准备。

“军训是每个大学生必上的一课。作为新时代的天之骄子，你们担负着振兴祖国的大业，只有拥有强健的体魄、坚强的意志、严格的纪律，才能出色完成这一任务。要想尽一切办法，克服一切困难，完成一切任务，争取一切荣誉。”

讲话的是学院的院长。巴叶子能吃苦，军训对她来说并没有那么难克服；尔文在大学以前一直从事舞蹈专业，所以在吃苦方面也不成问题。这里最娇贵的就是英伦和秋婉了。又因相貌出众，总能引起教官的注意。班里同学也托这两个姑娘的福被加训了好多次。

太阳顶在头顶，毒辣辣的，空气里带着令人晕厥的味道。同学们齐刷刷地站在阳光下，脸颊通红发热，有被灼伤的感觉，任汗水挂在脸上。成股的汗水流下来，流到嘴角，有种涩涩的滋味。因为汗水太多，秋婉的脸上感到很痒。她习惯性地用手抓了抓，这一小动作被教官发现个正着。

“那个女孩儿！你叫什么名字？”

“秋婉。”

“大家都听好了，因为秋婉动了，你们再多站一个小时的军姿！我看谁再动！”

秋婉的脸上顿时泛起内疚的波澜。

当天晚上，教官集合全班同学到操场站队。天刚刚下过雨，同学们都只穿着单衣单裤，在寒风中瑟瑟发抖。

“大家冷不冷？”

“冷！”英伦抢先回答。

“冷！”同学们紧跟着英伦一起回答道。

“冷就跑两圈！”

操场上顿时响起同学们的一片哀鸣声。

“要是教官明天还这样问我们，我们一定要异口同声地回答：不冷！”英伦回到寝室的第一件事情就是召集所有女生商量对策，随后又通知了班里的男生。于是，全班很快统一了口径。

果然，第二天晚上的同一时间，教官又召集同学们到操场上站队。

“大家冷不冷？”如英伦所料，教官问了同样的问题。

“不冷！”全班同学心领神会。

“不冷就给我站一个小时军姿！”

全班同学都将目光投到了英伦的脸上……

“你们都看她干什么？你有什么问题吗？”

“教官，我肚子疼。”

“那你休息吧。”

“……”

一眨眼的工夫，为期10天的军训就在汗水与泪水的交织中结束了，留给同学们的是酸、甜、苦、辣，和永恒的记忆。

由于巴叶子的高考成绩也是全年级第一名，她得到了学校颁发的优秀学生入学奖学金。

巴叶子第一时间告诉了妈妈。她想把这笔钱寄回去贴补家用，却被妈妈拒绝了。她希望巴叶子能够好好贴补贴补自己，多买些吃的、穿的。巴叶子答应了妈妈。她告诉妈妈，这个学期不需要再给自己打生活费，她的钱够了。

第五章 DIWUZHANG

周末的寝室空空荡荡，英伦回家了，尔文泡在剧场里看毕业班的排练。自从专业课进入到观察人物练习阶段，巴叶子和秋婉就都不参加班里同学在休息时间组织的活动了。巴叶子利用亲友团在北京的那几天已快速摸清了公交地铁线路。她经常一个人去火车站、菜市场那种人扎堆的地方观察生活。她从不叫同学搭伴，因为她知道，很少有人会喜欢挤地铁公交跑来跑去。她一个人独来独往惯了，行动也轻便。要么她就独自在排练室，一待就是一整天。秋婉则忙着和她的异地男朋友谈恋爱，却什么也不耽误。

“老太婆，早点儿回家噢。”

“老头子，等我回来呦。”

秋婉和肖章打情骂俏着从寝室楼里走出来，被站在校园门口等秋婉的百紫剑看得清清楚楚。肖章的笑，似乎能让阳光猛地从云层里拨开阴暗一下子就照射进来，温和而又自若。百紫剑的心里有些不是滋味。高考时，他和秋婉两个人相约要一起考到首都，百紫剑只因一分之差上了天津的大学。本来心里就有极大的落差，秋婉和肖章的亲昵举动更是让他的不适感油然而生。秋婉却对此不以为然。

“你好开心。”

“见到你能不开心嘛。”

“刚才和你一起出来的那个男生是你班同学吗？”

“是呀，你看到我们啦？我俩是搭档，一起排作业来着。”

百紫剑知道自己从各方面都不如肖章——一个相貌平平的“四眼理工男”，怎么能和自带光环的表演系帅哥相比。

“送上去吧，我等你。”

百紫剑将两只手提着的天津麻花和板栗递给秋婉。

“这么沉，你太让我感动啦。”

“乖，去吧。”

秋婉脚底生风，抱着吃的回到寝室，又健步如飞地下了楼。

百紫剑欲拉起秋婉的手，但秋婉把手收了回去，插进衣服兜里，并快速地环顾了下四周。

“我们在我学校附近走的时候先保持距离，等走远了再说。”

百紫剑心里很压抑、很恼火，但考虑到在秋婉的学校，还是不要与她发生不愉快，就忍了下来。

两个人并排走着，秋婉走得总是比百紫剑快一点儿。百紫剑一路小跑跟上秋婉的步伐。

“我们去哪儿?”

“带你去吃好吃的，你没有吃过北京烤鸭吧?”

“你又给我买好吃的，又带我吃好吃的，还都是高热量的，我要是胖了怎么办呀!”

“胖点儿好，你太瘦了。”

“学我们这个专业是不能胖的。人家都是想着怎么往下减，我可好，越来越胖，都怪你。”

百紫剑傻笑了一下。

上了出租车，秋婉立刻钻进了百紫剑怀里，主动拿起百紫剑的手，二人十指相扣。司机从后视镜看了眼他俩，一副“现在的年轻人都是这样秀恩爱吗”的表情。

“你对我真好。”

“刚才你我就像陌生人一样，你是不是不希望你同学知道你有男朋友?”

“不是呀，我们寝室女生都知道我有男朋友的。”

“那你是不希望让男生知道?”

“怎么会呢，我只是不想秀恩爱啦。”

司机又从后视镜看了看两个人，脸上挂着意味深长的笑。

“你的搭档叫什么名字?”

“肖章。”

“是够‘嚣张’的。”

“怎么这么说人家呀，人家是肖邦的肖，章子怡的章!人家爸爸姓肖，妈妈姓章!”

人家？百紫剑的心“咯噔”一下。他有种说不出的滋味，好像全世界的蛇胆都在自己的肚子中翻腾。他承受不了这种感觉，想把这种苦吐掉，但是这东西刚到嘴边，又硬生生地被咽了回去，空留他一口苦涩。那一瞬间的百紫剑好似一个局外人，竟无言以对。从那一刻起，肖章成为百紫剑的假想敌。百紫剑只要一想到秋婉和肖章说话时的样子，他的心里就醋海翻波。

吃完饭，百紫剑带秋婉去了五星级酒店。他花自己的生活费用心给秋婉制造浪漫，宠着她，竭尽全力让她开心。

“你和我都没有那样说过话。”

“什么意思？”

“没事。你……还……喜欢我吗？”

“怎么了你？没抽风吧？为什么突然这么问？”

百紫剑突然觉得自己配不上秋婉。他有一种不好的预感，秋婉随时都有可能不再属于他。

“没……没什么……怕你们假戏真做。”

“快别闹啦！你不是说过我们要彼此信任的吗？如果人人都假戏真做，这个世界不就乱了吗？”

“你是我的，对吗？”

“当然，你也是我的。我们要永远在一起！”

秋婉的一句“永远在一起”让百紫剑重拾了信心。他自我安慰，或许是自己过于敏感了。

第六章 DILIUZHANG

次日傍晚，百紫剑形单影只地乘高铁回了天津。秋婉从寝室拿了一盒板栗，叫上肖章去排练。

“老头子，给你的。”

“呦，老太婆这么贴心呀，哪儿来的？”

“你别管了，吃就行了，毒不着你。”

“哈哈。”

两个人说说笑笑着打开了电脑，准备再看几遍网上的老年人小品，找人物感觉。

“我总觉得哪儿有些不妥。你说我们是不是应该到现实生活中去观察老人，按老师说的去做？我们现在这样是不是有点儿太投机取巧啦？”

秋婉觉得肖章言之有理，这个懒还是不要偷了。

“那明天就要交作业了，现在我们该怎么办？”

“走，我带你去个地方！那儿全是老头儿老太太。”

肖章起身，拉起秋婉就要走。

“等一下，你电脑都不要啦。”

秋婉把肖章拉了回来。

“噢噢，差点儿忘了！跟我回寝室送一趟，在楼下等我。”

肖章左手拿起电脑，右胳膊搭在秋婉的肩上，拥着她走出了排练室。一盒被遗忘的板栗孤零零地“坐”在桌子上。

“哇！原来这就是传说中的后海呀！”

“是的，你看这里这么多形形色色的老人，那边还有跳广场舞的。咱们好好观察，再回去排练就不成问题了。”

就在这时，秋婉的手机响了。她犹豫不决地盯着手机屏幕，到底要不要接？

“怎么不接电话呀？”

“我妈，我在想怎么和她说。她知道我这么晚出来，肯定又唠叨我。”

“哦哦，你好好和阿姨说，就说你有同学陪，让她放心。实在不行，我和阿姨说。”

“啊啊，不用，不用！”

秋婉回身接起了电话。

“宝贝，我到学校了，你在干吗呢？”

百紫剑的声音让秋婉既踏实又惶恐。她一颗心提到了嗓子眼，堵得自己连呼吸都觉得困难。她一方面不希望让百紫剑知道自己和男同学单独出来，担心引起不必要的误会；另一方面也不希望让肖章知道是自己的男朋友来电话，怕肖章因此不愿意再和她排练。

秋婉回头看了眼，见肖章没有在看着自己，连忙用手捂住嘴和话筒。

“我排练呢，发信息说吧。同学等着呢。”

“哦，好吧。”

百紫剑感觉怪怪的，秋婉说话的声音为什么那么小？又因为秋婉说自己在排练，不敢过分追问。他想再等一等，等秋婉排练结束了再说。

“搞定我妈了，唉。”

“我是理解你妈妈的，谁让你还是个小姑娘。”

秋婉刚刚将手机调成静音模式，就进来了一条百紫剑的信息。

“我不打扰你了，你好好排练。结束了告诉我，好吗？”

“好的。”

秋婉心里的一块石头落地，一路气定神闲。两个人开始心无旁骛地观察着附近的老年人。他们走走停停，同时拍了很多素材，留着排练时做参考。

回到学校以后，肖章和秋婉迅速推翻了之前的排练内容，决定上演一场“什刹海公园里的夕阳红”。整个片段完全通过肢体语言来表现，不说一句话。

场地是公园的一角，肖章用四把椅子搭成了一把长椅。他和秋婉两个人手牵着手，步履蹒跚地从上场口走出来。通过之前对人物的观察，他们抓住了老年人最重要的两个特点，形态和眼神迟缓。他们沿着公园散步，看周围的风景，回想着年轻时的一幕幕，脸上流露出淡定与从容。走累了，就坐在长椅上歇下来，两个人肩并着肩，相互依偎，连同空气都跟着一起变得幸福。

别看两个人之间平时爱耍贫嘴，可认真投入起来竟都是如痴如醉的。

十几遍排练下来，已是晚上 11 点半了。一想到浴室 12 点停水，秋婉回到寝室后不顾一切地冲向了澡堂，急如星火般地洗了个澡。当她再次回到寝室点开手机的时候，屏幕上出现 20 个百紫剑的未接来电。第一个电话是 22 点 50 分打进来的，还有三条信息，分别是“回去了吗？”“为什么不接电话？你在哪？”“不回信息？”

秋婉快速擦完护肤品，慌慌忙忙地回电。

“你干什么去了？为什么不接电话，也不回信息？”

电话那头百紫剑的声音有些焦躁。

“我之前一直在排练，没听见，刚看见就给你回过来了。”

“我不信你没听见！”

“我手机不小心静音了，快 12 点的时候才回来，现在刚洗完澡。”

静音？洗澡？听到这里的百紫剑脑洞大开，自行脑补了画面。那画面简直不堪想象。

“秋婉，你到底干什么去了！？”

“你就这么不理解我吗？我辛辛苦苦排练到这么晚，差一点儿都没赶上洗澡！你不但不安慰我，还不相信我。”

“那你为什么洗澡前不告诉我？我们不是说好了你一回来就告诉我的么？”

“因为我怕再晚一点儿浴室没水了，我根本没有时间想那么多！”

“不是你没有时间想那么多，而是你心里根本就没有我！”

“我心里没有你为什么还给你回电话？”

“那你手机为什么要静音？你在怕什么？”

“我说了是不小心静音的，你在怀疑什么？”

“秋婉你撒谎！你骗我！你的手机是我给你买的，设置也是我给你调的，即便是你不小心静音了也是能听见震动的。如果你真的没有听见，唯一的可能就是你自己把静音中的震动关了！你以为我是傻子吗？”秋婉漏洞百出的解释被百紫剑一针见血地戳穿，这令她毛骨悚然。

“你们理科生太可怕了！”

“你们也够开放！”

“你，你怎么这样！”

“怎样！”

秋婉知道百紫剑误会了自己，却已是百口莫辩，致使她恼羞成怒。

“你说吧，你什么意思？”

“如果你真的喜欢上了别人，直接告诉我行么？我不想像傻子一样，更不想我们之间变成这样。”

“傻瓜，你对我这么好，我怎么会喜欢上别人呢？我们不是说好永远在一起吗？”

又是这句话。这句话对百紫剑来说像一剂强心针。每次只要听到秋婉这样说，他就能够瞬间找回安全感。

“嗯，那我相信你。你要知道我是多么离不开你。”

“我知道，我也是。”

两个人在相互表态中重归于好。巴叶子、尔文和英伦也拖着疲惫的身躯陆陆续续地回来了。

这一天晚上，百紫剑失眠了。他想不明白秋婉为什么要静音，却又出于选择相信不想再追问。但是他内心深处清楚地知道，无形的屏障已经隔开了自己与秋婉。原来两个人之间是多么推心置腹、清澈透明，而现在一切都在改变中变化着。

百紫剑轻轻地敲下手机的备忘录：异地恋，好累……

第七章 DIQIZHANG

秋婉和肖章的作业收获了老师和同学们的一致好评，两个人决定再次搭档排练新的作业。

“这次我们去酒吧观察驻唱歌手。”

秋婉小鸡啄米似的频频点头，不过她同时也在为一件事情忧心忡忡。百紫剑如果再打来电话怎么办？她冥思苦想，最终决定这一次不带手机。走之前，她给百紫剑打了一个电话。

“你在干吗呢？”

“我刚从食堂出来，要去上晚自习。你呢，宝贝？”

“我也刚吃完饭，要去排练啦。我手机马上没电了，放在寝室充电，回来以后和你联系。”

“好的，宝贝辛苦啦。”

秋婉把手机送回寝室，和肖章一起出发了。尔文和英伦刚好从校门口走进来，四个人打了个照面。

“呦,‘几度夕阳红’去啊？”英伦调侃起来。

“你们去哪里？”尔文问。

“后海酒吧。”肖章说。

“我们去观察生活。”秋婉追了一句。

“不用解释，解释就是掩饰。”英伦神补刀，说完牵起尔文的手朝寝室楼方向走去。

“也不问问咱俩去不去，两个重色轻友的家伙！你说他俩有没有点暧昧？我怎么感觉肖章挺喜欢秋婉。”

“不能吧，秋婉不是有男朋友吗？”

“都什么年代啦，已婚人士都照抢不误，男朋友算什么！”

英伦对尔文的“本本主义”态度表示很不理解。而尔文看着眼前这个鬼马精灵一样的小大人，心里不得不叹服：她真的才15岁？

酒吧里，昏暗的灯光下，秋婉和肖章两个人面对面坐着。

“后海都快成我们的据点啦。”

秋婉对酒吧的一切感到十分新奇，她四处张望着。

“不能白带你来，得请你喝酒。”

肖章一副大男子主义的样子，将酒水单推到秋婉面前。

“我没喝过酒，喝醉了怎么办呀！”

“喝醉了，我背你回去呗。”

“啊？”

“逗你呢，这里的酒喝不醉你。有我在，放心吧。”

“嘿嘿，那谢谢你啦。”

秋婉娇羞的模样让肖章心生怜爱，那干净无邪的笑容，如雪一样晶莹圣洁。

在 waiter 介绍下，秋婉点了一杯“亚历山大”。她表示自己第一次喝酒，所以很“压力山大”。肖章点了一杯“B–52”，上酒的炫酷方式震撼了秋婉。

“可以，这很‘嚣张（肖章）’。”

两个人同时举起了酒杯。肖章盯着秋婉盈盈秋水般的双眸，而秋婉的眼神不停地游移躲闪。

“来，干杯。”

“和你合作真是太愉快了，还有酒喝。”

秋婉甜滋滋地抿了一小口酒。两个人边饮着洋酒，边观察着歌手。秋婉长这么大还是第一次到酒吧这种地方，也是第一次单独和男生喝酒，和百紫剑都没有这样“浪漫”过。这一切对她来说如新鲜的血液，注入她的身体，滚烫而缓缓地流动着。

“后海的酒吧歌手很多都是北漂一族，他们的共同特点就是都有着自由不羁的灵魂。我们不仅要观察他们的外部感觉，还要走进他们的内心，就像我们观察老年人时一样。”

肖章一本正经地给秋婉讲着，秋婉聚精会神地听。

时间一晃又到了晚上，百紫剑一直在等秋婉联系自己。他心想着给妈妈打一个电话，结果习惯性地把电话拨到了秋婉那里。

电话一响，好事的英伦“刺溜”一下向秋婉的地带滑了过去，将手机抓了起来。

“紫剑？好武侠风的名字啊，会不会是她男朋友啊？”

“应该是吧。”

“咱帮她接了吧。”

“别接人家电话，这样不好。”

英伦拿着手机走到尔文身边，刚要点开接听，尔文猛地将电话抢了下来。谁知这一抢，竟不小心将电话接了起来。

百紫剑张口就叫了声“妈”，突然发现电话里的声音不对劲，赶忙看了眼手机，怎么是秋婉的名字？

电话里面“喂”了一声。百紫剑一听，不是秋婉的声音？他忽然想起来，对！秋婉说过，手机放在寝室里充电。

“你是秋婉的同学吗？”

“是的，秋婉出去观察生活了，她忘记拿电话了。”

“她和我说是在学校排练呀，那她和谁一起出去的你知道吗？”

“我也不知道她去哪了，我刚才也是猜的。”

尔文是个聪明人，百紫剑的话让她察觉出秋婉可能是撒谎了。

“不是和肖章去酒吧了么？”

英伦的嘴太快了。她不知道电话里是什么情况，这好心的提醒让正起疑心的百紫剑听得清清楚楚。

尔文能够感觉到电话那头空气的突然凝重，着急得尴尬症都犯了，连忙向英伦挤眉弄眼，是又跺脚又摇手。英伦两手一摊，一副蒙圈的表情。

肖章，又是肖章！百紫剑心里恨得咬牙切齿。

“估计秋婉一会就回来了。你放心吧，她可乖了。”

尔文连忙替秋婉解释，然而好像并不起什么作用。

百紫剑生无可恋地说了声谢谢。他挂掉了电话，一颗心坠落到了谷底，脑子里有十万个为什么在问自己。如果这是真的，他不明白秋婉为什么要对自己撒谎，更不能理解秋婉为什么要和一个男生去酒吧那种地方。他认识的秋婉，不应该是这个样子的。

尔文感觉自己摊上大事了，如果当时自己不抢手机就不会发生这一切。其实，尔文并没有做错什么，真正戳中百紫剑心窝子的还是英伦的那句话。而英伦对此却视如等闲。

“她难道还想脚踩两只船吗？我们不应该这么庇护她，纸是包不住火的。”

英伦的这些言之凿凿，听似犀利无情，却也不无道理。尔文仍然陷在自责当中无法自拔，对英伦的话也是左耳进右耳出。

第八章 DIBAZHANG

秋婉喝得微醺，整个人都有些飘飘然。肖章一路拉着秋婉的手回到了学校，这种感觉秋婉不曾有过。她自己也不清楚这种微妙的感觉是什么。她不想拒绝，但是她只要一想到百紫剑，就会感到无比心疼。

“去吧，小可爱，明天课上见。”

两个人站在寝室楼下，肖章摸了摸秋婉的小脑袋瓜。

尔文愈加为刚刚发生过的事情焦虑不安，她在想到时候应该怎么和秋婉解释这件事情。机灵的英伦一眼看穿了尔文的心思。

“我们先什么都不说，她男朋友要是不问的话，我们就当这一切都没发生。”

“不可能不问呀，我都闻到火药味了！我们还是告诉秋婉吧”。

秋婉晕晕乎乎地进了寝室，脸还是红扑扑的。她听到了“告诉秋婉”几个字，好奇心作祟使她快步晃悠到尔文身边。

“要告诉我什么呀？什么呀？”

“你喝酒啦？”

“是呀，我还喝醉了呢。”

“真是醉了！你男朋友给你打电话了，我帮你接了。”

英伦满脸的大义凛然，尔文一直也没插得上话。秋婉以为尔文要告诉自己的就是这个事情，蹦蹦跳跳地回到了自己的地带。

“谢谢啦！”

没等英伦继续讲话，秋婉就将电话拨到了百紫剑那里。先是电话正在通话中，过了一会儿电话拨通，但是对方挂掉了电话。英伦看秋婉兴致勃勃，打电话正打得起劲。得！还是别告诉她了，是福是祸看她自己的造化吧。

秋婉又连续拨打了三遍电话，这次终于接通。

“你怎么挂我电话呀？我回来了，听说你给我打电话啦。”

秋婉揉了揉眼睛，故作清醒。尔文欲起身走向秋婉，被英伦一个“嘘”的手势止住了。

“嗯，我是打了，你同学接的。你去哪了？”

百紫剑的声音阴沉得像暴雨前的乌云。

“我一直在排练呀，不是之前就和你说了吗？”

百紫剑心中压抑已久的怒气再也抑制不住，下一刻是振聋发聩的电闪雷鸣。

“秋婉你还骗我！事到如今你还骗我！你为什么要撒谎！为

什么要这么对待我？为什么？他到底想干什么？你们到底想干什么！？为什么这么折磨我？”

百紫剑的情绪突然失控，“哇”的一声号啕大哭起来。泪如疾风骤雨，所有的委屈都在这一刻宣泄出来，声音大得惊动了寝室楼里的同学。班里的男生纷纷出来安慰百紫剑，让他冷静一点，为了一个女生不至于。

秋婉的信念感很强。她一直“坚信”自己是去排练了，她以为百紫剑是在吃她和肖章经常一起排练的醋，怀疑他俩会发生点儿什么。她一头雾水，同时有点儿不知所措。

“你怎么啦？你到底怎么啦？”

“我本来不想再接你的电话，但我想了想，我们之间还是应该说明白。我，再问你最后一遍，你去哪了？”

百紫剑已经泣不成声。秋婉沉默了片刻，到底要不要说出来？他是不是在诈自己？那他为什么哭？秋婉的脑子很乱。一定不能和百紫剑说实话，如果他知道了会更伤心，也会更加怀疑自己和肖章。秋婉调整了一下自己，做了一个深呼吸。

“我一直在排练。”

百紫剑没有再作声，而是直接挂掉了电话。

与此同时，尔文和英伦也强烈地感受到了百紫剑在电话那头的崩溃。

“我们分手吧。”

百紫剑的一条信息，让看到“分手”两个字的秋婉开始心慌。她想哭，她到现在都没有想明白百紫剑为什么会有如此过激的反应。秋婉呆站在原地，脑子一片空白。

“是这样的……”

尔文和英伦一起走到秋婉身边。英伦打断了尔文的话。

“是这样，我接了你男朋友的电话以后，不小心告诉他你和肖章去酒吧的事了。他可能一直在等你这句话。”

秋婉愣住了。她安静了，她被两次突如其来的“暴雨”浇得彻彻底底清醒了。她突然想起自己和肖章出门时四个人碰面的情景，想起肖章的那句“后海酒吧”。百紫剑什么都知道了，她又一次撒谎了，这谎撒得是那么忠于自己和可笑。

秋婉现在恨极了英伦，如同百紫剑恨极了肖章。

“对不起啊，我当时不知道你没有告诉你男朋友你们去酒吧的事。你和他好好解释解释吧，我能感觉到他好喜欢你啊。”

秋婉狠狠地瞪了英伦一眼。要不是因为英伦嘴欠，百紫剑什么都不会知道，就不会和自己提分手。现在在这里装上好人了！秋婉越想越生气。尔文看秋婉丝毫没有要原谅英伦的意思，决定把事情从头到尾的经过对秋婉全盘托出。

“秋婉，你别怪英伦，这件事和我也有关系。你电话响了以后，英伦好心想帮你接一下。但是我当时不太赞同她帮你接这个电话，就抢了一下你的手机，谁知反倒不小心接起来了。你男朋友问我是你的同学吗，我说是。接着我就说你去观察生活了。这个怪我，我当时也不知道你没有告诉你男朋友这件事情。然后他就问你去哪了。我其实是想帮你隐瞒的，我说我不知道你去哪了。英伦以为是我忘了，好心提醒了我一下，结果就被你男朋友听见了。这是整个过程，我要不抢手机兴许就不会闹成这样。”

说来说去还是英伦手欠嘴欠，秋婉心里已经认定了英伦是祸端。她一时间很难释怀。

毕竟都在一个屋檐下住着，大面上还得过得去，加之秋婉现在没有心思想她和百紫剑关系之外的事情，就随口说了句没事。她没有去洗漱，而是直接爬上了床。

秋婉将两只腿抬起，搭在墙上做耗腿状，装作无所谓的样子，编辑了很长一段信息给百紫剑发了过去。

“千错万错都是我的错，我不应该骗你。我以为善意的谎言可以让你对我放心，没想到让你更伤心。我今晚确实和肖章去了酒吧。我们去酒吧是为了观察人物然后排练作业，我们只是普通的同学关系。我就是怕你多想才没有告诉你。我以后再也不骗你了，你可以原谅我吗？我们不是说好永远不分开，永远在一起的吗？”

秋婉的柔情蜜语如同一颗棉花糖，又甜又软，让百紫剑欲罢不能。他丝毫没有迟疑地回复了秋婉，像是被洗了脑。

“你真是我的软肋。”

秋婉松了一口气。她潜意识里知道百紫剑不会离开自己，只是些气话，说说而已。

“我们好好在一起，好吗？和原来一样。”

“嗯，好好在一起。那你喝酒了吗？”

百紫剑还是心有余悸。秋婉对失而复得的感情也只能顺势而为。她担心百紫剑知道自己喝酒而心里不舒服，却也不敢再次撒谎，就老老实实地回了个：喝了一杯鸡尾酒。

百紫剑不知道秋婉是否喝酒，只是试探着问一问。即便秋婉说自己没喝，百紫剑也会相信。因为他依旧认为，秋婉还是那个只爱喝新鲜椰子汁，滴酒不沾的小女生。

百紫剑脑海中勾勒出秋婉和肖章喝酒的画面，酒吧、音乐、洋酒、美女、帅哥，这样的搭配到处充斥着浪漫。

“没想到你真的喝酒了！”

百紫剑的回复让秋婉瞬间后悔自己说了实话。

“善意的谎言不对，说实话也不对，心好累。”

百紫剑累了。他哭累了，他不想再聊下去，早早地和秋婉道了晚安。两人就这样在疲惫与无所适从中结束了对话。

第九章 DIJIUZHANG

“巴叶子！”

刚从食堂大门里出来的巴叶子和英伦正朝着寝室楼的方向走去，巴叶子被一个低沉富有磁性的声音叫住。转过头看，那人站在小花园里，是一个三十多岁的男人。第一眼，就让人觉得他太锋利，有一种涉世已久的尖锐和锋芒。尤其那双眼睛，犹如 X 射线，透视力极强，仿若能够一眼洞察出人的内心。

“那我先撤了哈。”

英伦撒开巴叶子的手，冲着她坏笑了一下，便独自颠向寝室楼。

“生辰八字：8 月 25 日，处女座，山东菏泽女孩儿，对吧？”

“你是？”

“我叫安然，我看过你们班的课。”

“啊，我怎么没有印象，你是老师吗？”

“哈哈，不是，我是大四的。”

“那你怎么知道我……”

“你们班的点名簿呀。”

“哦哦，找我有事吗？”

“那天你交的‘火车站’的作业，真不错。是真的去火车站观察了吗？”

“是的呀。”

“和谁去的？”

“我自己呀。”

“一个人去那种地方多不安全。下次带上我，我有车。”

“谢谢师哥啦，不用。”

“留个电话吧，有什么需要可以和我联系。”

“好吧。”

二人互留电话，安然目送着巴叶子娉娉婷婷离开的背影。

巴叶子的脚刚踏进寝室，英伦就“噌”一下蹿到了她面前，大眼睛一眯，拉住她。

“老实交代，什么情况？”

“你在咱班上见过那个人吗？”

“见过啊，他不是进修生吗。”

“哦，他说让我下次观察生活带上他。”

“这不明摆着要泡你嘛。”

“啊？别闹，他泡我干吗？”

“你漂亮呗，那你怎么说？”

“我拒绝了，他还问我要了电话号码。”

“我现在更加确定了，他就是对你有意思！你没问他多大岁数？”

“哎呀，我问这个干什么。”

“他好像岁数挺大的。”

“和我没关系嘍。”

“你们在说谁呀？”

吃完午饭回来的尔文见两个人聊得热火朝天，也加入了讨论。

“咱班长有追求者啦，哈哈哈。”

“谁呀谁呀？”

“来过咱们班，叫什么来着，叶叶？”

“安然。”

“哦对，安然！”

“啊，他呀，我听火星师哥提过他，他挺有钱的。”

“我和他是不可能的，你们都给我打住。”

巴叶子的表情变得严肃，尔文使了个眼色，英伦也不再起哄。

百紫剑不再像以前那样频繁联系秋婉了，也再没有来看过她，最多偶尔发来几条信息。更多的时间是秋婉主动打电话汇报行踪，这当然包括和肖章的每次出行。秋婉认为，百紫剑既然希望自己坦诚相待，那么他就要承受自己每一次的开诚布公。她感觉得到，自己每提一次肖章的名字，百紫剑的心就痛一次。她越来越愿意闻到百紫剑心房里散发出来的那股难耐的酸楚味道。而百紫剑也一天比一天清楚，他和秋婉之间的希望已经近乎渺茫。

秋婉在首都，百紫剑在天津；秋婉是前途一片光明的高校艺术生，百紫剑是二本普通大学的理科生。是高考拉近了两个人的距离，也是高考把两个人分开两地。而秋婉身边，也从来不缺对她好的人。百紫剑的自卑感越来越重。他忽然之间意识到，不是异地拉开了他和秋婉两个人的世界，而是他和秋婉原本就不是一个世界的人。

百紫剑鼓足了勇气，终于主动拨通了秋婉的电话。秋婉正在巴叶子的地带照镜子臭美，一看紫剑来电，更加手舞足蹈了起来。

“你终于给我打电话啦，我都要以为你移情别恋啦。”

电话那边安静了片刻。

“秋婉，我们分手吧。”

听到“分手”两个字的秋婉心慌得厉害，急匆匆地回到自己的地带爬上床。

“为什么？你不要和我开这样的玩笑。”

秋婉委屈地哭了。以前只要秋婉一哭，百紫剑都会无比心疼。无论那一刻在做什么、说什么，他都会停下来，去哄她开心。然而这次，百紫剑没有。

“我没有开玩笑，我是认真的。秋婉，我想了很久，或许我们真的不合适。你有你的生活，我也想有自己的生活了。这段时间我真的很累。自从你上了大学以后，你就变了，变得让我不再认识你。以前的我们是那么好，但是你已经不是从前的你了。”

“你不是说你喜欢我吗？你不是说你离不开我吗？”

“你对我的残忍，让我明白了自己的愚蠢。高三时，你说你不喜欢吃食堂的饭，我一个学期都没有进过食堂；毕业了，你说你怕闻烟味，我从来都得躲着你抽烟。你喜欢什么，我就跟着你一起喜欢；你厌恶什么，我就跟着你一起厌恶。你一直以来都只想着自己！一直以来都是我关心你！我对你好，你什么时候真正关心过我，对我好过？我在你心里到底算什么？什么都不算！我也希望有一个人能够像我对你一样对我好，你知道吗？我也是人，我也希望被爱，被关心！”

百紫剑心里的不平衡感并非一朝一夕形成，如同两人的爱情。

“就因为这个吗？就因为这个，你就放弃了我们的感情？我们不是说好永远在一起吗？”

“现在有一个人，她愿意对我好。”

“什么意思？”

“秋婉，祝你幸福，我也希望给自己一个幸福的可能。”

“你是不是喜欢上别人了？你说！你是不是喜欢上了别人所以要和我分手？！”

秋婉的情绪突然失控，像极了之前的百紫剑。她歇斯底里地放声大哭，用力蹬踹着两条腿，右手使劲地凿着床。

“是你先喜欢上别人。”

百紫剑很冷静，并没有因秋婉的大哭而心生怜惜。他的心已经被伤透了。

“我没有！是你喜欢上了别人，然后就把责任推到我身上，是不是？是不是？”

百紫剑很无奈，他不想再做无谓的争吵与辩解，因为他已经不想再和秋婉有任何关系。

“秋婉，你别这样。我们好聚好散，祝福彼此吧。谢谢你，让我有了软肋，也是你，让我有了铠甲。”

“我不！我不和你分手！我不同意！你不喜欢我，我也不和你分手！”

“我们不可能了。”

秋婉仿佛胸口挨了一记重拳，又仿佛憋着口气挣扎在分不出上下左右的海底。涕泗滂沱的她伤心之下挂掉了电话。

秋婉仿佛听到有什么东西碎了。是她一直以来坚固的心防，就这样被百紫剑击碎了。她做梦也想不到，有一天百紫剑会喜欢上自己之外的人。一直以来，她被百紫剑捧得高高在上，她曾天真地以为百紫剑永远都不会离开自己，任凭她怎么闹。当百紫剑亲手将这一切抽离的时候，秋婉的天塌了，却再也无能为力，再也无法挽回。她回想着百紫剑对自己说过的情话，愈加鬼哭狼嚎。那个一起度过的暑假，那个属于他们两个人的夏天，再也不见了。

第十章　DISHIZHANG

现在全寝室的人都知道秋婉失恋了，她已经毫无“尊严”可言。还有一种要甩也是自己甩别人，自己现在不但被甩，还是被最不可能甩自己的人甩了的不甘在心里。

巴叶子、尔文和英伦站在秋婉的床下，希望可以抚慰秋婉的情绪。

“没事，亲爱的，旧的不去，新的不来！”

英伦甩着一口京片子，第一个送上安慰。她不说话则已，一说话更是伤口上撒盐。秋婉不但没有冷静下来，反而把矛头指向了英伦。

“要不是因为你！我男朋友就不会和我分手！站着说话不腰疼！”

英伦小丫头片子可不是好惹的。她平时就有些看不惯秋婉唯我独尊、自视清高的样子，这一下更让她觉得秋婉有点不识抬举。

“喂喂，你瞧好了。我就站在这儿说话，我腰不疼！要想人不知，除非己莫为。你自己脚踩两只船，还想不翻船么？”

巴叶子和尔文都劝阻英伦不要在秋婉心情最低落的时候这么说她。但英伦并不想因为秋婉的失恋和哭泣就同情她，何况自己还遭了秋婉的一顿邪火。

秋婉最听不来的就是脚踩两只船这种话，本就对英伦恨得咬牙切齿。她知道和英伦打嘴仗是不占优势的。说不过人家，又要宣泄满腔的怒火和委屈，她随手抓起床上的一只百紫剑给自己买的正版泰迪熊就向英伦的脸上砸了过去。这一砸正式点燃了两个人的战争。

英伦气得火冒三丈，从小到大还没有人敢这么对待自己！她边大声喊着：“你敢往我脸上砸，你不想混了！”边用脚使劲踩着从自己脸上滑落到地上的娃娃，嘴里还不停念叨着：“踩小人！踩小人！”

巴叶子和尔文已经拉不住英伦。秋婉看到自己最心爱的娃娃快被英伦踩得体无完肤，马上连滚带爬地从床上骨碌下来，跪在地上用尽九牛二虎之力搬英伦的脚让英伦把娃娃还给自己。英伦就是不抬脚，使劲碾着娃娃的脸。

“没想到你对人是这样，对东西也是这样，都是失去了才知道珍惜啊？晚了！”

秋婉被英伦的冷言冷语刺激得心塞得不行。百紫剑送给自己的娃娃就这么在英伦的脚底下碾来碾去，秋婉无计可施，她发了疯似的扑了上去，扇了英伦一个大耳光。

“你凭什么说我！”

英伦这个富家千金，父母的掌上明珠，别提从小到大没挨过打，就连少根头发丝都是没有过的。她才 15 岁，怎么可能受得了这种委屈？她“嗷”的一声哇哇大哭。更出人意料的是，她并没有选择还手。巴叶子和尔文都在竞相哄着英伦，无人理会秋婉。

英伦突然捡起地上的娃娃，走到窗前，一把拉开纱窗，用力地将娃娃顺窗户扔了出去。

“你去捡啊！去捡啊！”

英伦扯着嗓子对秋婉大喊。秋婉二话没说，从床上抓下手机，摔了寝室门匆匆跑下楼去。

巴叶子和尔文对英伦不还手的举动刮目相看。

“小伦最大度啦。”

“是的，秋婉也是一时心情不好。我们要给她些时间。”

“不，我要用我自己的方式让她受到惩罚！你们要给我作证。”

英伦放出了狠话，说完回自己的地带写作业去了。巴叶子和尔文见英伦的情绪总算平静了下来，就都没有再说什么。

秋婉快速冲向操场，数着寝室窗户，打开手机中的电筒，沿着墙根找自己的娃娃。这一幕恰巧被刚从校外回来的肖章碰见，他看背影一眼就认出了秋婉。

“寻宝呢？小可爱。”

秋婉听是肖章的声音，连忙回过头来。两个人对视上的一瞬间，肖章见秋婉的眼睛又红又肿，像个核桃似的。

“怎么了？你哭了？谁惹你了？”

肖章对秋婉的爱怜之情不自禁地涌上了心头。秋婉看着肖章关切的眼神，终究还是未能忍住，又一次委屈地哭了起来。肖章一把将秋婉揽在怀里，紧紧抱住。

“好了，乖，不哭了。我在呢，和我说说怎么了？”

秋婉没有说话，只是一直哭，哭了好一会儿才开口。

“我想喝酒。”

“你这状态喝酒可容易醉哦。”

“我就是想喝醉。”

“好好，我陪你喝，但是不许再哭了，听见没？你这样子让人心疼你知道吗？”

秋婉沉默，肖章上下摸了摸兜。

“我也没带纸巾，你上楼去洗把脸，我在这里等你，好吗？”

“我不去，不去！”

秋婉推搡着顽固拒绝，又要哭的样子。

“好好好，不去不去，我的大小姐。那你还找不找东西了？不找咱们现在就走。”

“找。”

话音刚落，秋婉就看见了躺在地上的泰迪熊，被蹂躏得已经不成样子。她俯下身子，捡起泰迪熊用力地拍打，想拍去它身上的灰尘和脚印。她拼尽全力想将它扭曲的姿态复原，可惜已经于事无补了。再说上面还沾满了英伦的“脚气”，想想就恶心，秋婉一狠心：算了，还是不要了！她将泰迪熊摆成坐着的姿势，放在了墙根底下。

“走吧。”

“把家安这里啦？不要了吗？”

“不要了，明天当道具捐了。”

“不是自己买的吧？”

“别人送的。”

“男朋友？”

“我没有男友。”

肖章猜出秋婉的哭可能和前男友有关。他不知道他们之间发生了什么，什么时间分的手，更不知道自己介入了他们的感情。秋婉从来都没有告诉过肖章自己有男朋友。他一直都以为秋婉是个单身女孩儿，现在更加“明确”了这一点。

“走，陪你喝酒。只要有我在，一切过不去的都让它成为过去。”

肖章搂着秋婉的肩膀，两个人离开了学校。

“旧的刚去，新的就来了，还真拿自己当抢手货了！破货、烂货、便宜货！”

英伦在关窗户的时候将秋婉和肖章的一举一动尽收眼底。

酒吧里，秋婉说自己想喝啤酒。肖章看出秋婉是铁了心想喝醉，便决定陪她一醉方休。鉴于晚上还要护送秋婉回学校，肖章希望自己能够保持清醒。

“行，你说喝什么，就给你点什么。今晚依你。”

秋婉累了，蔫得像个霜打的茄子。她神情如梦如烟、清冷孤寂、忧郁空灵，不经意间就流露出淡淡忧伤。肖章真的有点儿担心她喝不到一杯就得倒下。还好明天是下午的课，即使今晚秋婉喝醉了，明天也有一上午的休息时间可以缓一缓。想到这里，肖章还算是放宽了心。

秋婉第一次喝啤酒。她觉得啤酒一点儿也不好喝，完全是借酒消愁，用酒精来麻痹自己。她知道啤酒是什么滋味后，对那些喜欢喝啤酒的人更加百思不解。

肖章点了一支烟，倚坐在沙发上，静静地看着秋婉。他现在能做的只有静默，等待秋婉主动和自己说话。

“给我一支烟。”

秋婉终于开口。肖章看秋婉沉着的样子，不像是在和自己开玩笑。

“你？会抽烟？”

“不会，你教我。”

肖章矛盾得很。他既想顺着秋婉，又不希望她一个女孩儿家学会抽烟。

“吸烟有害健康。”

“那你为什么还抽？”

“我不抽了，好么？”

肖章立即熄灭了手中的烟，他以为这样做就会使秋婉放弃抽烟的想法。秋婉的小性子又上来了。她看肖章完全没有要教自己抽烟的意思，一把将肖章放在桌子上的烟盒和打火机抢在手里，抽出一根烟，叼在嘴上，举起点着的火机，瞪着肖章。肖章见此情形，无奈之下只好答应秋婉。

空气中弥漫着酒精、香烟，以及荷尔蒙的味道。花红柳绿的霓虹灯、嘈杂震耳的音乐，纸醉金迷的气息笼罩着整个酒吧。昏暗让秋婉忘掉今晚所经历的一切是非，忘记了和百紫剑曾经深爱的往事，却忘不掉那刻在心灵最深处的痛。

肖章清醒地看到秋婉迷离眼神中的彷徨，犹如飘忽不定的魅影。秋婉忽然间失控嚎笑。她如愿地醉了，不出肖章所料地醉了，醉得是那么彻底。也许是因为对世事有着太多的无奈，也许是有着太多的不甘心，也许是内心感情的无处安放，也许是因为连自己都说不清的原因。

“太晚了，我们该回学校了。”

“你到我这儿来可以吗？”

秋婉叫肖章坐到自己旁边，烂醉如泥的她一头栽在了肖章的肩膀上。她微微抬起头，醉眼蒙眬地望着肖章。肖章轻轻将头扭向秋婉，看着秋婉精致泛红的小脸，既心爱，又心疼。

“带我走。”

肖章愣住了。眼前这个干净单纯的女孩儿到底怎么了？是什么使她变成了这个样子？喝酒、抽烟，现在又让一个男人把自己带走。比起对秋婉的喜欢，肖章更不希望自己乘人之危。

“走，我们回学校。”

“我们别回学校好么？求求你，我们不要回学校好么？”

秋婉恳求的样子让肖章的心七上八下。她在抗拒什么？她是不想回学校？还是想和自己在一起？难道她也喜欢我……虽然肖章很希望和秋婉待在一起的时间长一些，但秋婉的反常实在是令他忐忑不安。

“听话，乖乖回去睡一觉，明天下午又能见面了。”

“你不是说今晚依我么？我让你带我走！”

秋婉搂住肖章的脖子，两个人的距离近到了前所未有的程度。

“我带你走。”

肖章快速结完账，背着秋婉离开了酒吧。

“他从来都没有背过我！从来没有！他不喜欢我，他不喜欢我！”

秋婉闭着眼睛念叨了一路。肖章已经顾不了那么多，一心想着快点把秋婉安置下来。此时已是凌晨两点。

肖章带秋婉在离酒吧最近的宾馆开了一个房间。进屋后，肖章将浑身酥软的秋婉轻轻地放在了床上。

“直接睡觉吧，乖。我帮你把鞋脱了。”

“你帮我脱衣服吧。”

肖章无论如何也想不到秋婉会是这样的秋婉，她是真的喜欢自己？还是？面对眼前这样一个尤物，肖章再也按捺不住自己内心的冲动。他和秋婉紧紧地抱在一起，他亲吻着她。

秋婉第一次将肖章俊朗圆润的脸看得如此清楚。一双仿佛可以望穿前世今生的细长桃花眼，长长的睫毛在眼睛下方打上了一层厚厚的阴影；英挺秀美的鼻子下两瓣噙着骄傲的薄唇，含着一丝玩味，透着点儿坏坏的味道，竟有种让人沉迷的魅力。

对于肖章而言，他是如此轻松就得到了秋婉。而通过这次他知道，在此之前，秋婉就已经不是一个“小姑娘”了。对于秋婉呢？她出于对爱情的报复放纵自己。因为失去了百紫剑的爱，就试图在另一个男生身上找慰藉。既然大家都认为自己不清白，那就索性发生点儿什么吧。秋婉变了，与其说环境让她改变，不如说因为环境的改变，让她暴露出了埋藏在血液深处的真实本性。

第十一章 DISHIYIZHANG

肖章一直是班里出早功风雨不误的一个。这次也不例外，他早早就醒了，在秋婉的脸颊上亲了一口。

“好好睡一觉吧，我中午来接你。”

肖章到了学校以后，才知道老师把今天下午的课调到了上午，为了赶今天来看课的院长的时间。昨晚已经让男女班长下发了通知，由于肖章昨天从校外回来的时候手机已经没电了，秋婉又将手机故意关机，所以两个人都没有接到电话。

好在肖章现在回来了。可是秋婉呢，秋婉怎么办？8 点上课，现在已经是 7 点 40 了。20 分钟的时间肖章连跑回去都不够，秋婉的手机也一直处于关机状态。

肖章想到给宾馆前台打电话，让前台去敲秋婉的门也可以。

但是他不知道宾馆的电话号码，自己的手机还没有充电，刚才通知自己的同学说完话就去食堂了。他跑到在操场另一端出早功的巴叶子那里借来电话，急忙打通了 114 查询。查询结果是没有那家宾馆的任何登记信息，肖章要急死了。如果秋婉到不了，就会被一下子记四节旷课。这是最重要的专业课，尤其今天还有院长来看。肖章不敢再想下去了。

“我们寝室的秋婉还没回来呢。她电话关机了，我联系不到她。我昨晚就给她发信息了。”

巴叶子心急如焚。

“我刚才就是在打电话找她，昨晚我俩在一起。”

肖章的手心已经开始冒汗了。

“啊？啊？你们俩？”

巴叶子瞠目结舌，她不相信这是真的。即使昨晚听英伦说过看见他们两个一起出了校门，即使听过英伦对秋婉的嘲骂，她也不敢相信秋婉竟然真的和肖章……天啊！不过巴叶子属于两耳不闻窗外事，一心只读圣贤书的人。即便知道了，她也不会和任何人主动提起这件事。肖章不知道巴叶子如此强烈的反应是为哪般。他现在如热锅上的蚂蚁，他知道一切都来不及了。

“你帮秋婉和老师说她请病假能不能行？”

学校里有规定，病假是不能代请的，还要拿出来医院开的假条才行。这点巴叶子和肖章都清楚得很。肖章的话刚一说出口，自己立刻也觉得不妥，两个人在心照不宣中同时陷入了焦灼。

短短的一个晚上，秋婉经历了失恋、打人、烂醉一系列自己从未经历过的事情。她的痛不会在百紫剑的心里泛起一丝涟漪，因为就在昨晚，百紫剑也搂着一个女学霸过了夜。她虽然没有秋婉漂亮，但却如百紫剑所说，她对他很好，能给他足够的爱，当然，还有在这个年纪对爱情强烈的新鲜感。他们在同一座城市，同一所大学，加之秋婉带来的伤害，让一切都顺理成章。秋婉和百紫剑彼此谁都不会相信，曾经信誓旦旦地说着要和自己永远在一起的人，如今躺在了别人的床上。

宾馆里的秋婉依旧酣睡如泥。校园里的上课铃声已经响起，一切都按部就班地进行着，唯独不见秋婉的身影。

“巴叶子。”“到。”“肖章。”“到。”“英伦。”“到。”

“秋婉。”

肖章替秋婉捏着一把汗。

“秋婉？”

教室里的气氛突然紧张起来，两位院长也一脸茫然。

“秋婉到了吗？”

老师再一次问，无人应答。

“班长去给秋婉打电话！”

巴叶子明知道秋婉的手机关机，但是为了配合老师，还是又打了一次。电话里依然传出“您拨打的电话已关机”。

“老师，秋婉的电话打不通。”

“打不通是什么意思？她电话也不接是吗？”

老师情绪激动，心火冲头。

“不是，老师，她关机了。”

老师脸上一个大写的尴尬。秋婉这孩子怎么在关键时刻出这样的幺蛾子，不但旷课，还关机！课前，她刚和院长表扬过秋婉是个好苗子，还想着让秋婉和肖章两个人把“什刹海公园里的夕阳红”再演一遍给院长看，打算让这个作品上期末的汇报演出。现在秋婉的旷课让自己有了一种被打脸的感觉。

老师当场杀鸡儆猴，让巴叶子和肖章去准备“什刹海公园里的夕阳红”。这个片段换他俩演，包括期末汇报演出都不让秋婉参加了。同学们听到这一消息时诚惶诚恐，觉得老师的判决对秋婉不公平。秋婉太倒霉了。肖章的心里如同打翻了五味瓶，只有英伦乐开了花。她觉得老师好似在帮自己复仇，然而，她自己的大招还没放呢。

肖章在下课的第一时间冲出了教室。他一路跑回宾馆，悄悄推开房间的门，眼见披头散发的秋婉正萎靡不振地抽着烟，顶着个肿眼泡，上半身只挂了一个胸罩。床上倒着两个已经被她压扁了的矿泉水瓶，电视里放着《拿什么拯救你，我的爱人》。电视声音被秋婉开得很大，原来楼道里巨大的电视声是从这个屋子里传出来的……肖章以为秋婉还在睡觉，他的出现让秋婉吓了一跳。实际上，秋婉是不希望让肖章看见自己这个凌乱的样子的。

肖章迅速将电视关闭。秋婉说自己渴醒了，头疼，睡不着。只是，她到现在都没有开过一下手机。肖章琢磨着怎么和秋婉开口说课上的事情。秋婉对肖章说，自己很难受，下午要是没课就好了。

“下午没课了。”

“真的假的？谁说的啊？为什么？”

秋婉半信半疑，但她迫切地希望这是真的。

“上午……上午上完了……刚下课。”

“什么上完了？什么意思？”

“咱们老师把课调到上午了，昨晚通知的，我也是今天早上才知道。我都急死了，你电话一直关机，前台电话也找不到。我想回来找你来着，但是已经来不及了。”

肖章硬着头皮，索性都告诉了秋婉。

“也就是说，课已经上完了。我旷课了，是这样么？”

秋婉傻傻地站在原地，样子尤为可怜。她眼神木讷地看着肖章。当肖章点头的那一刻，她多么希望肖章告诉自己这是一场梦，一切都是自己的幻觉。她想责怪肖章，但这一切似乎又跟肖章无关。下午没课了，事情就是这样如秋婉所愿的。

秋婉知道旷课对自己意味着什么。不但心心念念的奖学金离自己而去，她也背叛了入学时对自己许下的承诺，不迟到、不旷课、勤奋向上……

“我没接到通知。”

“巴叶子昨晚给你打了电话，也给你发了信息。”

“那昨晚怎么没有人通知你？”

“昨晚我手机没电了，也关机了。”

“怎么我关机就旷课了？你关机就没旷课！凭什么！”

“难道我和你一起旷课，你就满意了么？”

这一次肖章没有由着秋婉的小性子，他不小心将心里话说了出来。看着面前蛮横撒泼的秋婉，一点儿也不觉得可爱，即便她是这样袒胸露乳地站在自己面前。

秋婉不再说话，只觉得委屈。

“你收拾收拾吧，我们该退房了。”

肖章想给秋婉一根烟的时间，想不到烟盒里竟空空如也。再看一眼烟灰缸，里面满满都是快吸到根的烟头。

肖章隐隐约约对秋婉感到一丝陌生。他特别想知道秋婉都经历了什么，让她成为现在这个样子。他还有更为严重的事情没有告诉秋婉，他无法想象秋婉知道后会做出什么更过分的举动，像刚才那样无理搅三分？还是继续拉着自己喝酒，喝醉了再和自己上床？这并不是肖章想要的大学生活。他的的确确幻想过和秋婉好好谈一场恋爱，他渴望大学爱情，但不渴望这样的爱情。他喜欢秋婉，却不喜欢这样的秋婉。

“我们去哪？”

“回学校。”

“下午不是没课了吗？”

“你回寝室再补个觉吧，你的样子太疲惫了。”

“我不想回寝室。”

“为什么？”

“就是想和你待在一起。”

“那下午看我排练吧。”

“为什么是看你排练？我不需要演吗？”

“你更需要休息。”

“我饿。”

“带你吃饭。”

肖章不想直截了当地告诉秋婉，她的角色已经被别人取代。他现在怕和秋婉说话，怕和秋婉眼神交流。现在的秋婉，在肖章心里就像一颗定时炸弹，随时都可能爆炸。

第十二章 DISHIERZHANG

英伦手提着重物气喘吁吁地回到了寝室，将两个沉甸甸的袋子撂在巴叶子的桌子上。里面都是生活必需品，什么进口瓜果梨桃、牛奶、矿泉水、洗衣液之类的。

“你这是？”

“你家安然给你的。”

“谁家？谁家！”

“哈哈，错了错了，他家他家。”

“我不要，给你吧。”

“我要这些破玩意儿……啊不！人家给你的，我可不能要。他还特意吩咐我叮嘱你吃水果。啧啧，贴心劲儿的。”

“我用他叮嘱呀。”

“他让我叮嘱，哈哈。”

“你俩就狼狈为奸吧。”

“要不，你就从了吧！”

“英伦！”

英伦见巴叶子白里透红的脸变得严肃起来，灰溜溜地回归到自己的地带，吻了一下自己的手，抛掷给巴叶子。

午饭过后，秋婉一路挽着肖章的胳膊回到了学校。

排练室里，巴叶子已经独自将场景布置好，坐在四把椅子搭成的长椅上，默默地走着自己的戏。

排练室门口，肖章隔着门缝看到了巴叶子。

“我上趟厕所，你先进去。”

“你来啦，秋婉，我正好需要你帮我指点迷津呢。”

巴叶子见秋婉回来了，兴奋地从椅子上站了起来。

“你怎么排我的作业？”

“对不起，我以为你已经知道了。那个……老师今天挺生气的，她说……让我……演你的这个……啊，不过，我们都不希望是这样。”

“为什么啊？就因为我旷课了么？你不希望这样那你为什么还来排啊！你别排啊！”

没等巴叶子反应过来，秋婉又把枪口对准了刚走进来的肖章。

“这就是你让我休息的原因吗？”

“秋婉，这是老师的决定。”

“是你刚才假模假式地说想回去找我的吧？”

“你的意思是，我应该冒着旷课的风险，跑回去叫醒你，是么？”

“你要是没有那个意思，你就别说啊！”

秋婉像一只受了刺激的疯狗，见谁咬谁。她一气之下夺门而出，然而肖章并没有去追她。他知道这颗定时炸弹已经被引爆了，不但自我毁灭，而且伤及无辜。

秋婉一口气跑到了老师办公室门口，带着一肚子的委屈。她想在老师那里为自己找寻一丝出口，请求老师再给自己一次机会。

“老师，秋婉太欺负人了。她看我小就欺负我，她好可怕。她昨晚差点没把我打死，每次都往我脸上打。我一下都没敢还手，一直都是她在打我。这事儿要是让我父母知道肯定饶不了她。”

英伦的哭诉被正在气头上的秋婉听得一清二楚。

“我怎么没打死你呢！你凭什么陷害我！有本事让你父母来打我啊！”

秋婉气急败坏地冲进办公室，冲着英伦就是一脚，如爆发的猛兽。英伦哭得更加厉害，秋婉也哭了。她恨透了英伦。

“秋婉你干什么！你胆子太大了！当着老师的面你都敢这样！这我还在这儿呢！你眼里有没有老师！有没有规矩！我以为英伦也就是撒撒娇，本来不相信你会做出这样的事！你真是让我刮目相看啊！啊？你太过分了！你今天旷课我还没说你呢，你倒来脾气了，你有什么理由在这儿发这么大的脾气！”

原本只是寝室小风波，经过在办公室这么一闹，包括老师在内的几个人直接被刚巧路过办公室的教务处主任请到了教务处。

“你刚才为什么踢她？”

“她诬陷我！”

“你为什么诬陷她？”

“我没有诬陷她，昨晚她真的打了我。”

“你昨晚为什么打她？”

“她说我。”

“她说你，你就应该打她吗？”

“不然呢？我还给她糖吃么？”

“你知不知道自己在和谁说话？”

秋婉哑口无言。

“你还手没有？”

“绝没有。”

“你们走吧，秋婉留下。”

老师也想留下，被教务处主任拒绝了。

“进了大学，就得收起你的大小姐脾气，这里没有人会像你父母一样娇惯着你。作为一个女孩子，一言不合就打人，这是一个很严重的问题！刚才听说你还旷课，刚大一，就出现这么多的问题！我警告你，你要是还想继续念下去的话，就必须要知道事情的严重性，必须要意识到自己的错误。回去做深刻的反思，不然你很危险。”

秋婉被记过处分，再加一份 5000 字的手写书面检查。她根本不敢相信自己的耳朵，好似晴天霹雳当头一击，又好像被人从头到脚浇了一盆冰水，全身麻木。

告完状的英伦心情大好，和老师一起回办公室套近乎去了。

“老师，我也想试试演‘什刹海公园里的夕阳红’可以吗？”

“当然可以呀，你这么积极主动老师高兴。你跟巴叶子一起和肖章排练吧。”

“太好啦，谢谢老师大人。”

“对了，你和秋婉是一个寝室的，你知道秋婉上午去哪里了吗？”

“她昨晚就没回来。”

“昨天晚上她没在宿舍住？”

“是的。”

老师对秋婉再度失望。

秋婉不知该何去何从，在操场长椅上呆坐着发愣，傻盯着手机屏幕，期待肖章与她联系。即使不能一起演“什刹海”了，还是可以一起排新作业的，上次观察过的酒吧歌手还没有演过呢。

英伦到了排练室，见巴叶子和肖章已经排练得差不多了。

“肖章同学，老师让我也加入‘夕阳红’的排练。你好有福气啊，哈哈。”

“看来我最近艳福不浅啊。”

“可是我没有观察过老人，只能照葫芦画瓢。”

“要不，陪你俩一起去观察一次吧，正好巴叶子也没观察过。”

“得嘞！走着！”

三个人并排走出了教学楼，同时看见了操场长椅上坐着的秋婉，秋婉也刚好抬头看见他们。

怎么是他们三个人一起出来？英伦是怎么和肖章走到一起的？秋婉万分费解。

肖章率先向秋婉走了过来。

“跟我们去后海不？”

“你们去后海干什么？”

“陪她俩观察老人。”

“英伦也演？”

“Bingo！”

看着英伦小人得志的样子，秋婉越发觉得反感。

“我不去，你们去吧！”

秋婉起身就往寝室楼走去，拖动着沉重的双腿，肖章还是没有去追她。秋婉第一次尝到吃醋的滋味。昨晚刚和自己上过床的男生，现在要和自己最讨厌的女生一起出去。她开始惶恐不安，开始患得患失。她试着揣测肖章的内心，用力猜测肖章的想法。她开始责怪自己哪里不够好。她并不知道，太过在乎就是失去的开始。

第十三章 DISHISANZHANG

“我昨晚上可看见你俩一起走了，她今天没到是拜你所赐吧。”

肖章明显听出英伦话里有话。

“小屁孩儿别胡说，她昨晚喝多了。”

“呦，打完人还有心情喝酒啊，真成。”

“打人？谁打谁？”

“你家秋婉，欺负我这个未成年儿童，难不成还我打她？”

“你说她打你？”

“打我是轻的，刚才还当老师面踢我呢。”

“怎么回事啊？”

“她昨晚失恋了，闹得我们都不得安宁，我安慰她，她还不乐意了。”

“昨天晚上失的恋？也就是说，她之前一直有男朋友？”

“你不会不知道吧？嗨，不瞒你说，我原来以为你知道她有男朋友还和她走那么近呢。”

“那他们因为什么分手啊？”

“哎，貌似和你也有点关系。你上次和她去酒吧那个事，她男朋友知道了，但是她之前没告诉她男朋友你俩去酒吧了。她骗她男朋友来着。她男朋友那天都疯了，我们隔着电话都感受到愤怒了，她男朋友肯定知道你。”

“为什么？”

“因为那天是我不小心提了你的名字。如果他不知道你，怎么会有那么大反应？”

“可我们是去酒吧观察歌手啊。”

“你现在成功当了‘补位歌手’。”

“我想静静。”

“婉婉知道‘静静’是谁吗？”

秋婉的哭，秋婉的笑，在肖章的脑海里浮现。他终于知道秋婉在抗拒什么。她也只能在自己这里找慰藉了。

“后来有段时间经常听她在电话里和他男朋友提你名字，一听就是故意气她男朋友的。反正我觉得挺过分的。”

“那她踢你是怎么回事？”

“她听见我告老师了，一进来就踢我，都疼死我了。”

英伦撩起裤腿亮给肖章，膝盖周围青得发紫，还伴有大量淤血。

秋婉的错误在肖章的心里如白纸上的一滴墨汁，再也洗不下去。她不再是肖章眼中的那个小可爱。

教务处对于秋婉的记过处分，目前尚无同学知道。

秋婉不想在5000字的检查里认错，因为她认为自己并没有错。她大笔一挥，写出了自己所有的心里话。

肖章回到学校后给秋婉打去电话。秋婉看见肖章来电，心里的小鹿快跳到了嗓子眼。她还是隐藏不住内心的激动，即使醋劲未消，即使怨气未减。当她接起电话的那一刻，一切仿佛都释然了。

“你干吗呢？”

“我想你呢。”

“呵呵，吃饭了吗？”

“不想吃了，减肥，你呢？”

“哦，我们吃完了。”

秋婉无法想象肖章和英伦坐在一起吃饭的样子。她生气、吃醋、嫉妒、恨之入骨，她恨不得英伦马上从这个世界消失。她特别后悔，为什么自己没有跟着一起去后海。如果自己去了，今晚这顿饭就是她和肖章的二人世界，哪还有英伦什么事。

“你们在哪里吃的？”

“就是中午带你去的那家。”

“我们要不要排练？”

“你下来吧。”

又可以见到肖章了，秋婉瞬间打碎了怨念，连忙刷了遍牙，换了身衣服，喷了点儿香水，把刚刚写好的检查藏了起来。

秋婉飞速跑到楼下，扑到了肖章怀里。肖章原地站定，没有回抱秋婉。

“秋婉，我之前不知道你有男朋友，抱歉。”

“我不知道你在说什么。”

“我都知道了，我知道你和你男朋友的分手是因为我，以后我会和你保持距离。”

一定又是英伦那张破嘴，这次秋婉用脚后跟想都想到了。

“昨晚之前我就和他分手了，你现在说要保持距离？”

“对于昨晚的事，我表示抱歉。”

肖章接二连三的抱歉让秋婉又一次感受到心慌的折磨。

“昨晚我已经是自由之身了！我是自愿的！”

“我们不要再这样了。”

“我们哪样了？”

“歌手的作业我想一个人排。”

“我现在没有男朋友！”

“我知道。”

“那你拿我当什么？”

“你拿我当什么？”

“你拿你自己当什么？我们不是因为你分的手！是因为他喜欢上了别人，所以他才要和我分手！”

“那是你们之间的事。”

“你到底什么意思呀？我真的生气啦！”

“生气该不漂亮了。”

“你陪我喝酒！”

"女孩子还是不要喝酒了，对身体不好。"

眼前的肖章冷若冰霜，他坚定的态度让秋婉渐渐有了自知。她知道，如果自己再纠缠下去，只会让肖章更加厌烦。此刻的秋婉与肖章，已是咫尺天涯。秋婉从不曾预料，那个对自己百依百顺的肖章，竟然亲手在他和她之间划下了一道界限，一条冷漠而不可逾越的鸿沟。

肖章独自去了排练室，见英伦已经自己排练上了，巴叶子作陪。

"叶子，你带英伦先排着。我有点儿累了，回去躺会儿再来找你们。"

离了肖章的秋婉一下子失去了主心骨，精神上没有了寄托。风云突变的现实使她万念俱灰，意志消沉。

经常看尔文和英伦挂在校园网上，秋婉原来认为只有精神空虚的人才会玩儿那种东西，想不到现在自己也加入了这个行列。她回到寝室的第一任务就是注册校园网，接着发布了一条心情：你是我一场自以为是的幻想。她知道，肖章会看见的。十分钟不到，包括肖章在内的很多同学，师哥师姐都添加秋婉为好友了。秋婉一一通过。

秋婉逛着肖章的主页，一张一张地翻看他的照片，她的眼睛湿润了。她多么希望肖章能够对自己说一句："我们在一起吧。"她多么希望这一切都没发生，哪怕她和肖章还是和原来一样，只是普通同学。

肖章在秋婉发布的心情下面留了言：爱，或不爱，只能自行了断。

第十四章 DISHISIZHANG

英伦！这个与秋婉有着“不共戴天之仇”的名字，秋婉化悲伤为愤怒，决定报复。她知道英伦视鞋子如生命，每双鞋的价格都在千元以上，甚至还有上万元的。现在寝室没有人，是动手的大好时机。

你英伦不仁，就别怪我秋婉不义！快刀斩乱麻，秋婉直接挑了一双最名贵的鞋。她打开路易威登的鞋盒，拎出鞋子扔在地上使劲踩了两脚，脑海中播放着英伦脚碾泰迪熊的情景。不够解气！鞋子脏了远不如鞋子没了，就让它彻彻底底地消失吧！秋婉提着鞋子走出了寝室，“咚”的一声把鞋子丢到了垃圾桶里。

“烂俗！”

真是大快人心！秋婉一下子觉得心情舒畅多了。她迅速把鞋盒盖好，清理完痕迹，继续上网了。

寝室门被快速推开，不小心撞到秋婉的椅子，刚刚洗完澡的尔文回来了。

“秋婉你回来啦，下午没事吧？”

尔文的进门着实让秋婉全身一颤。她倒吸了一口凉气，好在有惊无险。

“没事，我困了，先睡了。”

秋婉匆匆将电脑关机，上床睡觉压惊了，尔文随手关掉了寝室灯。

巴叶子和英伦接近晚上 12 点时才结束排练。英伦不知道秋婉在睡觉，进了寝室打开灯就是一嗓子。

“以后就跟肖章混啦！”

这一嗓子把本来就没有睡熟的秋婉吵醒了。

“嘘，小点儿声，秋婉睡着啦。”

尔文对英伦指了指秋婉的床。

“呦，睡得够早啊，准是昨晚累的。”

英伦丝毫没有降低音量，语气反倒更上扬了。

“我也要就寝了，你小声说话英伦，把灯关了。”

见尔文也上了床，英伦这才消停下来。

傻子，自己丢了东西都不知道。我再忍你一个晚上，看你到时候怎么哭！秋婉闭着眼睛沾沾自喜。

第二天一早，英伦恰巧配了一身的路易威登。她正想拿出那双鞋。鞋盒怎么空了？她将自己的地带翻了个底朝天，也不见鞋的踪影。

“我的鞋呢？我的鞋怎么不见了啊？有人偷东西！咱寝室肯定来小偷了！”

“啥，不会吧？”

尔文赶紧翻看自己有没有丢了什么东西。秋婉一副若无其事的样子，把英伦的话当笑话听着，边麻利地换上衣服。

“叶子去吃早餐不？”

“嗯！英伦你再好好找找，我先吃饭去啦。”

秋婉拉上巴叶子，二人一同下楼。

寝室里除了英伦，就属秋婉和尔文的家庭条件优越了。对于偷东西这件事情，英伦完全怀疑不到她们头上。英伦脑子里闪出了巴叶子的名字，但又瞬间闪回了。她一心认定，是小偷溜进寝室偷了自己的东西。

“我要报警！可恶的小偷！还挺会偷的！把我心头肉偷走了！”

“你先冷静点，我觉得还是不要报警。楼道里有摄像头，我可以陪你去监控室请阿姨帮忙调录像，看是什么人进了我们的寝室。万一是别的寝室的人呢？传出去对我们学校的影响就不好了。”

“还是你想得周到。”

“你是刚发现鞋丢了，但未必是刚丢的。”

“不，昨天早上还在！我还纠结穿哪双来着，今天早上就没了，就是昨天丢的！”

“那就更好查了。”

英伦重新搭配了着装，与尔文一起下了楼。

“现在的年轻人都太浪费了，多好的一双鞋，说扔就扔了。也没发现哪里坏了呀，这好像还是牌子的呢，我得拿回去给我女儿穿。”

宿舍阿姨一边爱不释手地摆弄着被秋婉扔了的鞋，一边和身旁的阿姨说话。

“哎，现在的这些孩子都是花着父母的钱不当回事。我那天也是，捡着一个包，我看就掉了一个纽扣。哪里都挺好，根本不妨碍使用。”

这不是自己的鞋吗？走到楼下的英伦一眼就看见了阿姨手中的鞋，但是阿姨怎么会偷学生的东西呢？这不成立啊。

“阿姨，这是我的鞋。”

“我刚刚还说你们这帮孩子呢，好好的鞋怎么给扔了呢？”

“扔了？阿姨我怎么可能扔自己的鞋啊！我今天早上发现这双鞋不见了，我还想抓小偷呢，怎么会在您这里啊？”

“不是你扔的？那就奇怪了，阿姨在收拾垃圾箱的时候看见的啊。”

“垃圾箱？您说您是从垃圾箱里找到了我的这双鞋？”

“对呀丫头。”

“那阿姨，您能把它还给我吗？真的不是我扔的，要扔也是小偷扔的。这双鞋是我父母从法国给我带回来的限量版，全世界都没有几个人有呢。”

“瞧你这丫头说的，阿姨怎么可能要你的东西呢。阿姨是以为没人要了才捡出来，现在完璧归赵，但是有点儿脏了。”

“没关系阿姨，我可以拿到店里处理，太谢谢您了。”

“咱们楼里进小偷了？”阿姨问另一个阿姨。

“不应该呀。”另一个阿姨说。

“阿姨我们正好要去监控室呢，您可以带我们去吗？”英伦问。

“当然可以，你们还挺会想招，阿姨都没想到。”

阿姨陪着英伦和尔文一起去了监控室。众目睽睽下，录像从昨天早上7点50分所有人都离开寝室后开始播放。

昨天一上午没有人进入过317；一直到中午12点左右，巴叶子、英伦、尔文纷纷回来，下午13点左右又纷纷出去；15点18分的时候尔文进入寝室，19点20分出了寝室，进入厕所，后进入浴室；19点30分，秋婉进入寝室，20点15分，秋婉出了寝室，走到垃圾箱前，打开了垃圾箱，把一双鞋重重地丢了进去……

“停！停停停！”

画面显示结果令尔文匪夷所思，英伦张大了嘴巴，瞪着眼睛说不出话来。

“从20点15分开始，放慢再看一遍。”

尔文往电脑前又凑了一步，英伦紧跟。经过慢镜头这么一看，秋婉从寝室里提出来的正是英伦丢了的那双鞋。

“这不秋婉那丫头吗？”

阿姨当时就震惊了。

“秋婉！你大爷！你这个小偷！”

英伦怒火中烧，眼睛都能喷出火来。她牙根直痒痒，恨不能将其生吞活剥。她更是难以置信，怎么也料不到自己被秋婉摆了这么一道。

怪不得早上那么快就走了，怪不得昨晚那么早就睡了，原来事出有因啊！英伦一瞬间恍然大悟。

“阿姨真是有点搞不懂你们这帮丫头，好的时候跟什么似的，这一看是闹别扭了吧？”

“她就是看我年纪小欺负我。”

“呦，那欺负同学可不对，回头阿姨帮你说说她。”

英伦将监控视频录了下来。这一次，她直接把秋婉告到了教务处。

“老师，秋婉偷东西。”

“说说什么情况，有证据吗？”

“有！铁证如山！”

英伦将手机递给老师。

“今天早上我发现自己丢了一双鞋，还以为是寝室里进小偷了。这是我在监控室拍到的，是秋婉偷了我的鞋，然后把它扔了。”

“叫秋婉来，你准备准备去上课吧。”

“老师，您还是亲自找她吧。”

“怎么，你是怕她吗？”

“老师，秋婉欺人太甚，这是她昨天给我踢的。她不但不向我道歉，还偷我东西。”

英伦再次亮出膝盖上的伤。

“好，你先不要管了，这件事情我会处理。”

教务处主任决定再等半个小时，缘于昨天和秋婉说好让她在今天上课之前把检查交到自己的办公室。如果他没有等到秋婉，就只能亲自驾临了。

第十五章 DISHIWUZHANG

第一遍上课铃已经打响，教室里的秋婉独自坐在角落。她今天没有作业可以交，静静地看着肖章的一举一动，看着英伦和肖章坐在一起。她认为是英伦抢走了肖章，如果没有英伦的存在，或许肖章就不会和自己疏远。

“全体集合。”老师说。

“秋婉，你过来一下。”

教务处主任走进了教室，抬手示意秋婉。

还没有步入队列的秋婉走向了教务处主任，全体同学都将注意力集中到秋婉身上。肖章更是不明所以，目不转睛地盯着教务处主任和秋婉，听他们要说些什么。英伦则对教务处主任充满了期待，希望他可以好好教训秋婉一下。

“看来你并没有把我的话放在心上，你的检查呢？”

“老师我忘了，下课以后我送到您办公室。”

“现在回宿舍取，跑步去。我就在这里等。”

秋婉走到寝室，拿了检查，回教室交给了教务处主任。

“我现在必须要利用同学们的上课时间讲一些事情。就在昨天，我亲眼看见了秋婉同学在老师办公室里和英伦同学发生冲突。你们都是怀揣着梦想来到这里的大学生，命运安排你们在最美丽的年华里相遇，也是缘分让来自五湖四海的你们成为同班同学。你们都应该加倍珍惜、互帮互助才是。为什么对待同学那么不友善？这还是在老师眼皮子底下，老师要是不在，你是不是还准备踢折她的腿啊，秋婉？”

“老师不会不在，她的目的就是告老师。”

“你是在和我顶嘴么？秋婉同学！”

“不是您问的么。”

“你！秋婉你可真听话啊！把你的5000字检查当着全班同学的面一字不落地念一遍！”

“念就念。”

秋婉小嘴一噘，接过教务处主任递给她的检查，甩了一下。

“我不知道自己为什么要写这份检查，总之老师让我写，我就写了。我认为自己并没有错，一切都是因为英伦言语暴力在先。而言语暴力是看不见、摸不着的伤害，我是在受了伤害之后才动手打人。老师只知道偏袒被打者，不关心打人者为什么打人，被打者为什么挨打！言语伤人者视自己为老师的保护对象，从而肆意夸大事实、咄咄逼人。被保护的对象不一定就没有责任。学校不分青红皂白，只追究我一个人的责任，实在让人难以忍受。”

秋婉念了不到一半，教务处主任就已经听不下去了。

“听听，这就是你们班的好学生。”

班主任老师是左右为难，一边是学校，一边是自己的学生。秋婉最近的表现也确实让自己大失所望，她也觉得不能让秋婉再继续这样下去了。

“你不但没有意识到自己的错误，还强词夺理质疑老师的公正！去！把你父母请来！”

班主任老师没有再给秋婉留任何情面，怒目之下严厉发威。

“我没错，为什么要折腾我的父母。”

“那你偷东西错没错！？”

什么？秋婉？偷东西？教务处主任的一句话让教室里除尔文和英伦之外的所有人都目瞪口呆。他们不敢相信自己听到的，包括秋婉自己。这更像是一场灾难突然砸在秋婉头上，砸得她差点背过气去。她瞬时间被吓得不知所措，十个手指头不停地搓来搓去，紧张得面红耳赤，目光四处移动，似乎在搜寻什么。她是那么不安，甚至不敢接触任何人的目光。秋婉低下头去，她怕被别人看见自己的脸。

他是怎么知道的？这么说，英伦也一定知道了？这怎么可能？或许自己只是被怀疑？

“说我偷东西，您有证据吗？”

“英伦，拿出你的证据。”

英伦掏出手机，点开视频，交到教务处主任手中。

“你还想否认吗？秋婉。”

教务处主任拿着英伦的手机，举到秋婉面前。

秋婉这次真的傻眼了。她六神无主，不再说话。她在老师和同学们面前彻彻底底地颜面扫地。头脑发热下的冲动鲁莽，使秋婉完全忘记了摄像头的存在。这个结果实在是当初所始料未及的。

秋婉仿佛掉进了无比羞耻的黑洞，她想变成一只老鼠逃之夭夭。此时的她觉得自己丢尽了面子，就像一个小女孩儿光着身子从男厕所里走出来一样。她突然想到那句“伤敌一千，自损八百”，只可惜现在自己损失的已经不是一星半点，连自己最看重的名誉都毁了。

“秋婉，你知不知道在校园里偷东西是什么行为？往大了说就是犯罪！加上昨天给你的记过处分，你现在已经够被开除了！我警告你！”

同学们这才得知，原来秋婉在昨天就已经被记过处分了。肖章忽然对自己昨晚的狠心感到一丝不忍，却也只剩下了一声叹息。

“你应该为自己的行为向英伦道歉。”

教务处主任看了眼英伦，又看了眼秋婉。

秋婉哭了，再也没有了犟嘴的力气。即使心里有再大的委屈，鉴于现在的处境，也只能硬着头皮听之任之。

“英伦，对不起，我向你道歉。我不应该打你，不应该踢你，更不应该扔你东西。一切都是我的不对，请你原谅我。”

秋婉哭得梨花带雨，这一幕是她曾幻想发生在英伦身上的。

秋婉真诚的道歉出乎英伦的意料。上一秒钟还在生气，下一秒钟就被触及了泪腺，一向刀子嘴豆腐心的英伦面对秋婉的“对不起”“原谅我”时，她瞬间失去了抵抗力。

“对不起秋婉，我也有不对的地方。我们还是好同学好不好。”英伦也流泪了，与秋婉抱在一起。英伦平和的言语如照进秋婉心中的一道暖阳，她不再耿耿于怀对英伦的怨恨。两个人如果可以冰释前嫌，也是一件好事情，因为原来的状态让她太累了。

英伦从衣兜里拿出一包面巾纸，递给秋婉。秋婉从中抽出一张纸巾，轻轻地为英伦抹去脸上的泪水。英伦则直接用手指帮秋婉擦拭着眼泪。两个人破涕为笑。

“嗯，这就对了！回去重新写一份5000字的检查，包括后来的事情。明天中午到教务处交给我，能做到吗？”

“能。”

“秋婉，老师要看你最近的表现，如果你还想参加期末汇报演出。”

秋婉微微颔首。

回到寝室后，巴叶子、尔文、英伦三个人各自帮秋婉分担了一千字。四人团结一致，一篇检查很快就完成了。英伦也在校园网上对秋婉发出了邀请，二人互相添加为好友。

“我觉得我们可以一起排一个作业，属于我们寝室的，属于我们四个人的作业。你们觉得呢？”

“好啊，好啊！那就以秋婉为主，我们都帮她搭戏。”

尔文的提议一出，英伦直接从座位上蹦了起来，连连拍手赞同。巴叶子更是不用说，笑着点头表示同意。

“你们太好啦。”

秋婉开心得不得了。为纪念她所失去的作业，四个姑娘集思广益，最终决定排演一场“庆寿”的故事。由秋婉扮演 70 岁的老母亲，尔文扮演大女儿，巴叶子扮演小女儿，英伦则扮演外婆的小外孙女。

姑娘们胳膊挎着胳膊并驾齐驱连成一排，在操场上划出一道亮丽的风景线。她们说说笑笑来到了排练室。秋婉积极地布景、搬桌椅，正能量满格。在排练的过程中，姑娘们时而因笑场笑到腰痛而蹲在地上起不来，时而因当下的幸福而感动了自己，感动了彼此。“一家人”在一起其乐融融，将“三世同堂”的温馨场面演绎得淋漓尽致。

在第二天的表演课上，老师表扬“庆寿”，称从中看到了团结，看到了友爱。对秋婉进行了特别表扬，说会考虑让她重新参与到期末汇报演出中。

第十六章 DISHILIUZHANG

“做我的女朋友吧。”

巴叶子没有回复安然的信息，而是直接删除了。

秋婉一直戒不掉对肖章的情感，每天都在校园网上发布一些伤感的文字，配上忧郁的照片，希望借此引来肖章的问候。然而，她并没有等来肖章的留言，却引起了刚从山里拍戏回来的火星的巨大好奇。

“嗨，小美女。”

“师哥好。”

火星是学校里才貌双全、人气超高的风云人物。他突然给自己发来私信，这让秋婉心潮澎湃。

“看你怎么每天都那么伤感，失恋了？”

“没有恋，哪来的失恋……”

“你单身？”

“嗯。”

“这么漂亮的女孩儿，没交过男朋友？”

“分了。”

“为什么分？”

“你说哪个？”

“嗬！你有过几个？”

“就一个。”

“这么无厘头？刚才还问哪个呢。”

“换个话题。”

“嗯，怎么样，对大学生活还适应吗？”

“和想象中的不一样。”

“你想象的样子是？”

“大二时就拿到奖学金的样子。”

“还没到大二，你怎么知道不能实现呢？奖学金的评选是根据你大一的成绩和表现，所以你这一年很重要。只要你不旷课、不挂科，各方面都出色，就行。”

“我就是知道不能了，才这么说。”

“怎么了？”

“一言难尽。”

“出来坐坐？”

“去哪？”

“我随意，看你。”

“去后海吧。”

秋婉想重温和肖章走过的路、做过的事。熟悉的酒吧里，秋婉点了一杯肖章最爱的“B–52”，又娴熟地点燃一支烟。虽然对面坐着男神级别的大师哥，但秋婉的心境却与上一次和肖章来时完全不同，甚至更加想念肖章。

“想不到你还会抽烟，还喝这么烈的酒。”

秋婉只是云淡风轻地一笑。

“你是南方女孩儿吧？”

“是呀师哥，你怎么知道？”

“一看就像，水灵灵的，家在哪个城市？”

“海口，你呢师哥？”

“海南是个好地方，我东北大连的。”

“都是海滨城市。”

“你们班的巴叶子不错。”

“她是山东的，我们是一个寝室。”

“你俩属于一种类型，都是小女孩儿那种。”

“你觉得英伦怎么样？”

“也不错，长得挺英伦的，往后还能越长越开。”

“只是她就知道用名牌打扮自己，有点虚荣。”

“哈哈，你三观还挺正。”

“但我并不讨厌她。”

“我还是比较中意你们这一款的女孩儿。”

“那要不要我把巴叶子也约出来？”

“不用。”

火星猜想巴叶子一定不会喜欢接触酒吧这种地方，同时也担心巴叶子被打扰。师哥说不用，那一定是想和自己“二人世界”了？秋婉的脑子转了起来。

“师哥我们自拍一张吧。”

两个人开启了疯狂照相模式，火星给秋婉单独拍了很多照片。大师哥和小师妹玩儿得不亦乐乎，秋婉也暂时把烦恼抛在了脑后。

“请你看电影怎么样？”

“恭敬不如从命。”

“那我们回学校开车，带你去汽车电影院。”

“师哥你有车啊？”

“嗯，我比较幸运，摇号中签了，上个月刚提的车。”

“开车是不是很难啊？”

“特别简单，你想学我可以教你。”

“学不得，学不得，我感觉我这辈子都学不会开车。”

“那都不是事，真正有福气的人都坐车。”

“师哥你也太会说话啦。”

“本来就是，走吧大小姐。”

大小姐？好久没有听到过有人这样叫自己了，最后一次还是从肖章口中听到的。恍惚间，秋婉在火星身上找到了肖章的影子。也是那一瞬间，她觉得，是肖章在和自己说话。

由于周五的缘故，汽车电影院里车辆爆满，一点儿都不显得冷清。秋婉初来乍到，以前都不曾听说过这个地方。原来电影还可以这样看，这对于秋婉来说是一次很有意思的体验。

火星提着一袋子吃的喝的回到车里。他让秋婉坐在了正驾驶的位置，自己坐到了副驾驶。

“师哥你是怎么知道这个地方的？”

“我好歹也在首都混了几年了。这不算什么，主要想带你感受一下这种氛围。你要是喜欢，我还可以慢慢带你去更多好地方。”

秋婉被火星的话所打动。她现在喜欢接受各种新鲜事物，这样一来，她就不用再为自己枯燥的生活而忧心忡忡了。更为重要的是，秋婉想借着与火星的接触，忘掉肖章。

“师哥你怎么对我这么好啊。”

“如果我说因为你漂亮，会不会显得我太轻浮了？不过，我确实很喜欢你。”

“那我怎么报答你呀？”

“你想怎么报答？”

火星一把将秋婉搂到自己面前，动作像极了肖章。面前这个棱角分明的冷俊脸庞，外表看起来放荡不羁，但乌黑深邃的眼眸里深情流露出的精光让人不敢小看。秋婉沦陷了，与火星拥吻在一起。

“今晚去我家吧，好么？”

“好。”

秋婉和自己认识不到 10 个小时的师哥过了夜。他很温柔，这样的温柔却震碎了秋婉。秋婉哭了，在他怀里哭了。他的温柔是刀，一片一片剥开了她的外壳，裸露出她柔弱的内脏。这是她不敢给人看的。

第二天没有课，秋婉就一直待在火星家里，挂在校园网上，上传昨晚在酒吧拍的那些照片，并配上文字：打破疑问的方法是打破幻象。

这组动态一出，火星和秋婉在一起的事情便如爆炸性新闻在学校传开了。

第十七章 DISHIQIZHANG

英伦周末回家的第一件事情无非是一如既往地泡一个舒服的热水澡，也是一如既往地忘记了拿浴巾。

“妈，递我浴巾！”

“妈给你新买了条浴巾，D.Porthault 的。你上次说你喜欢的那个牌子，小一万多块呢！”

“世上只有妈妈好……”

英伦接过浴巾，身体里的每个细胞都随着她幸福的歌声舞动起来。

“呀！”

“妈，你嘛呀！吓死宝宝了。”

“宝贝啊！你腿怎么了？”

“哎呀，我以为怎么了呢！不小心摔的。”

“摔哪儿了啊？怎么摔的啊？”

“就是绊了一跤啦。”

“你脸红什么？和我说实话！这是怎么回事？到底是不是摔的？我怎么感觉不像！”

“真的，妈妈。”

“是不是有同学欺负你？”

“没有啦。”

“不行，让你爸看看！”

英伦回房间换好睡衣，走到爸爸面前撒起娇来。

“爸爸，你说妈妈，怎么大惊小怪的。”

想不到英伦爸爸的反应比妈妈还要夸张。他“嗷”的一声从沙发上跳了起来。

“哎哟我的大宝贝啊！你这腿是怎么了啊？啊？”

“哎哟，我的爸爸呀，本公主就是摔了一下。你怎么跟妈妈似的，早知道就不理你啦。”

“你看你现在，哪儿还有个公主的样子，一周不见你就伤成这样。你要心疼死爸爸啊！我问你，你是真的摔了吗？摔哪儿了？什么时候摔的？”

英伦支支吾吾，一时也编不出个所以然来。

“我刚才看她就不像是摔的。这孩子不说实话，也不知道为什么。难不成还有人威胁你？妈妈和爸爸都在这儿，你怕什么？”

“你要是不说实话，周一我就和你妈妈去学校问你们老师。”

“对！”

“啊啊啊，你们别去别去！我说还不行吗！那我说实话你们就不许去了，行吗？”

“行！你快说。”英伦爸妈异口同声。

伶牙俐齿的英伦竟也有三缄其口的时候，但面对父母的强压，她只好将实际情况一五一十地交代出来。

“同学踢的啦。”

“什么！同学踢的？你说有同学踢你？”

“好啦，我说完啦。”

“谁？是谁？男生女生？”

“爸瞧你问的，男生怎么对人家下得去脚嘛。”

“那个女生是谁？她是谁！她为什么这么对你？”

“因为我告老师。”

“你告老师？你为什么告老师？”

“因为她打我。”

“她还打你？她为什么打你？打你哪儿了？她知不知道她打的是谁！”

英伦爸爸的眼睛里闪着一股无法遏制的怒火，好似一头被激怒的狮子，牙齿咬得“咯咯”作响，额角的青筋随着呼呼的粗气一鼓一张。

英伦用手摸了一下被秋婉打过的左脸。

“她失恋了，心情不好。”

“她打你脸？她往你脸上打是吗？她没有父母教育吗她！心情不好就拿你撒气？她怎么不拿别人撒气啊？她是不是看你年龄小就欺负你！敢动我英大国的女儿！她学上够了吧！”

“爸爸，你别生气了，她已经和我道歉啦。妈妈，你快劝劝爸爸。”

“我劝你爸爸，可是谁劝我啊？”

一连串的泪水从英伦妈妈的脸上流了下来。

“哎呀！早知道就不和你们说了。”

“周一我和你妈妈和你一起去学校！”

“这？不是答应我，说实话你们就不去了吗？怎么不讲信用呀！”

“能不去吗？她当我英大国是死的啊！我女儿都被欺负成这样了，我还在这儿跟我女儿讲信用？我能坐视不管吗！”

“爸爸，你好像气糊涂了，我受欺负你也不能不讲信用。”

“我的宝贝女儿，爸爸错了，是爸爸言而无信。爸爸给你买新款包包作为补偿。”

“那我要 Hermès。你说我毕业才送我这个牌子的，我等不及了。”

“没问题，你说什么爸爸都答应你。”

“那周一不要去学校了。”

“就这个不行。你不是要爱马仕吗？”

“那你还说什么都答应我，哼！”

“好了我的大宝贝，你还没有告诉爸爸她是谁，叫什么名字？只要你告诉爸爸，咱们现在就去买包。”

“买完包就告诉你。”

英伦如愿以偿，她完全沉浸在提前拥有了爱马仕包包的喜悦当中。

“现在告诉爸爸，是谁打了你，踢了你？”

“是秋婉。”

“秋婉？就是你以前一直和我说漂亮的那个秋婉？”英伦妈妈说话。

“就是她。”

“我看照片里挺文静个小姑娘啊，她怎么可能打你呢？”

“那打了就是打了，还有什么可能不可能，欺负咱孩子小呗。”

“你们去就去，可千万别让秋婉知道，她又该以为是我告状啦。”

“怎么着，你还怕她啊？只要你爸我在，你谁都不用怕！”

“我只是觉得这事都过去啦。”

“过去？我可不会那么轻易让她过去。”

“我们都和好啦，我还帮她写了一千字的检查呢。”

“啊？检查也得你替她写？”

“不是不是，我们寝室的人都帮她写啦，不是我一个。”

“好家伙！敢情一个大姐大啊，我必须会会她。拿我宝贝姑娘当什么啊？不让她知道你爸的厉害，她以后还欺负你！”

英伦蓄意粉饰的受伤真相，最终，还是败露在了父母的关爱下。

第十八章 DISHIBAZHANG

愉快的周末已经结束，火星一早开车把秋婉送回了学校。英伦爸爸也开车载着英伦母女一起来到了学校。英伦没有回寝室，而是应父母的要求，三个人直接去了老师办公室，称得上是来势汹汹。

“老师，我爸妈来了。”

英伦敲了敲门。

“快请进，快请进。”

“不好意思老师，我们来得有些唐突，也没打电话通报您一声。这是我和她爸爸的一点儿心意，请您先收下。英伦在学校没少劳烦您费心。”

英伦妈妈将两个奢侈品礼盒递向老师。

“英伦妈妈您太客气了，这个不能收。你们的心意我领了，谢谢你们，这个拿回去。”

两个人推让着。

“那我先给您放这儿。”

“真的不用这么客气，英伦这孩子挺乖的。有什么积极的想法也敢于和我提，我挺喜欢她的。”

“老师，您班上有一个叫秋婉的女生吧？”

英伦爸爸直奔主题。

“嗯，是的。”

“作为英伦的家长，我对秋婉的恶劣行为表示非常不满。”

“想必您已经知道了。她们都还稚气未脱，产生一点儿小摩擦也在所难免。只是秋婉的行为极端了一些，那天那个事儿也不能算偷。”

“偷？”

“老师，他们不知道那个事。”

“英伦，你还有没告诉我的？老师，您说她偷英伦东西？”

“我是说不能算偷。”

“英伦，你当着老师的面，和爸爸说到底怎么回事？”

“就是那天我的鞋找不到了，后来知道是秋婉给扔啦。”

“那还不算偷？学校怎么能允许这种学生继续存在？”

“说实话，作为老师，秋婉的行为也很出乎我的意料。她已经被学校记过处分了。”

“走个形式就完了？谁知道她以后会不会再欺负我们孩子？您看给我们孩子腿踢的。”

英伦爸爸蹲在地上，卷起英伦的裤腿。

“您有所不知，那位也是个娇小姐。这对她来说已经是很严重的惩罚了，相信她会引以为戒的。”

“我对我们家孩子连个不字都没说过。她一下子受这么多委屈，老师您说，我能受着吗？”

“爸，我不是都说了嘛，我们和好啦。”

“一说和好我又想起来个事，你那天说什么来着？写检查？老师啊，您知道我们孩子被欺负成什么样了？吓得回家不敢说实话，还得给这个秋婉写检查。”

“秋婉让你给她写检查？”

“不是，老师，我们寝室自发的。一人一千字，秋婉两千。”

“说你们什么好！检查作废，回去告诉秋婉重新写！”

“不嘛老师，我不告诉。”

“瞧瞧，老师您瞧瞧，孩子连话都不敢说了。”

“不是啦，秋婉该以为是我出卖她啦。”

“什么叫出卖？她自己做过的事还想瞒天过海？老师，我要见见这个叫秋婉的。”

“去吧英伦，叫秋婉来。”

“天哪，老师……Why me？”

沉浸在爱河里的秋婉反复欣赏着自己与火星的合影。

“秋婉，秋婉，老师让你到办公室来一下。”

“好的。”

英伦的一个电话让秋婉以为是期末汇报演出的事情有了转机，她风风火火地从寝室跑到了老师办公室。

“老师。”

“来，秋婉，人家英伦父母特意来见见你。”

英伦父母的突然到来使秋婉大为错愕 。

“叔叔阿姨好。”

准是英伦背后捅刀子了，她怎么还干这种事！真是狗改不了吃屎，什么还是好同学，原来都是扯淡！秋婉窝着一股火，又好似怀里揣着十五只兔子。她惴惴不安，感觉自己被耍了。

“你就是秋婉？长得还没有我们英伦高呢，真看不出来那么厉害啊！”

英伦爸爸开口第一句话直接命中秋婉的要害。秋婉一下子就哭了。

“现在知道哭了，打我们家英伦的时候怎么不哭？”

“爸，她那会儿也哭了。”

“你们到底要干吗呀？我歉也道了，检查也写了！你们还想要我怎样！”

“小丫头，话别说太满，那检查是你自己写的吗？”

“英伦你太卑鄙了！不想写你可以不写啊！没有人逼你写！为什么你写完了，现在又指责我！”

“你敢当着我的面和她这么说话？你知不知道我是谁！”

“你以为你是头咆哮的雄狮？你现在顶多是一只八哥！”

“你说什么？我是什么？”

“你是她爸爸！”

“老师您都瞧得一清二楚，这就是您班里的好学生！目无尊长，目中无人！”

这话似曾耳闻。从教务处主任口中听到过一次，现在又有学生家长在这里吹胡子瞪眼，老师渐渐承受不住舆论的压力。

“看来只有你的父母管得了你了。秋婉，请你的父母来一趟吧。”

“我可请不动他们。”

“那老师只好亲自请了。”

“老师，我的意思是他们不会来的！”

“我的意思是他们不来也得来！必须来！”

秋婉泪如泉涌。她无地自容夺门而出，不顾任何人。

“这孩子真应该好好教育教育了。”

“我的学生出现这样的问题，我也有责任，还麻烦你们亲自来一趟。我会给你们一个交代。”

英伦一家三口被老师送出了办公室。

“你这同学确实漂亮。”

“爸，你现在说人家漂亮，她听不见！”

第十九章 DISHIJIUZHANG

“秋婉妈妈您好，秋婉近来在学校的表现不是很理想，请您和她爸爸务必一起来学校一趟。”

“秋婉这孩子怎么这么不让人省心！我和他爸爸都忙得很……要我们两个人一起来？那我们抽下时间好了，老师。”

“嗯，其实我很不想大老远折腾你们过来，但是我们必须得好好地聊一聊秋婉了。”

“有这么严重？这孩子太不像话了！老师该管您就管，不用对她客气。”

秋婉妈妈挂机后接着拨通了秋婉的电话，不由分说上来就是一通劈头盖脸的指责。

“你怎么回事啊，秋婉？老师电话都打到我这里来了。”

“老师有病!”

“你怎么说老师呢，你这孩子!看来老师还真没说错你!我和你爸明天到!”

秋婉觉得全世界都在和自己作对，她原本还以为自己的生活已经平静了。她不想在寝室里继续住下去，也不想再看到老师的那副嘴脸。她想到了火星，现在唯一能够给自己安慰的只有火星。

“我们班没课了，我们能走了吗?”

“不是为了表演课回来的吗?”

“取消了。”

“好，我在车上等你。”

秋婉的手机再一次被调成了静音模式。她三下五除二将寝室里自己的物品全部打包，拖着满满的一个行李箱，上了火星的车。

“嚯!搬家啊?”

“是的。”

“昨天问你，你不是还说不想搬出学校吗?”

“我后悔了，可以吗?”

“求之不得啊!”

“有没有那种能让人释放自己的地方?”

“有啊，nightclub。”

“我没去过。”

“回家睡一觉，晚上带你去。”

夜店里，聚集了很多失恋的、伤心的、失意的人们。他们晚上就泡在这里，发泄着自己的无奈和多余的情绪，借助短暂的麻木，来释放他们积压已久的郁闷、不满和纠结。夜店像磁石一样吸引着他们，令他们乐此不疲、难舍此地。香烟与美酒的味道混杂在空气里，舞池内闪烁着扑朔迷离的灯光，照耀在秋婉的脸上，忽明忽暗。劲爆的音乐敲打着耳膜，秋婉在其中摇晃着自己少女的身姿。

“怎么没来上课？”

肖章破天荒地给秋婉发来了信息，恰巧被拿着秋婉手机的火星看到。

“过来歇会儿。”

火星挤进舞池拉出了秋婉。

“你们今天有课？”

“我不是说了取消了嘛。”

“你班同学问你为什么没上课。”

火星将手机塞进秋婉手里。

肖章？秋婉简直不敢相信，肖章竟然主动给自己发来信息。这是在关心自己吗？她激动的心情溢于言表。

“你还挺高兴的？为什么不去上课？”

“想你，想和你待在一起。”

“虽然这个理由我很喜欢，但是你大一就旷课，这可不应该啊！这都是会算进你学期成绩里的。还有，无论出于什么目的，我最不喜欢谎言，知道吗？以后不许再这样了。”

“知道了。”

秋婉将手机关机了，她不希望自己被打扰。至于肖章，秋婉一时不知道该怎样回复。或许没有等到自己的回复，肖章还能够更担心一点。享受完一份原始的快感后，秋婉不得不重返原来一成不变的日子。第二天早上，火星照常把秋婉送回了学校。

“我就在寝室待着，下课以后告诉我。”

“嗯。”

秋婉的父母如约而至，怎么打秋婉的电话却都打不通，无奈之下只好联系了老师去往学校办公室。

“是秋婉父母吧，你们好。”

“老师您好，我和她爸爸联系不上秋婉啊。这孩子怎么回事啊，现在在哪里啊？”

“秋婉昨天又没来上课，已经第二次了。我让班长给她打电话，她也不接，一会儿我再和你们具体说这个事。她们班现在应该在上文化课，稍等，我打个电话问问。”

老师一边说话一边翻着手机的通讯录。

“巴叶子，秋婉在不在教室？”

“老师，秋婉还没到，这边刚点完名。”

“今早你看见她了吗？”

“没有呀。”

“昨天见到她没？”

“也没有呀。”

“她没在寝室住？”

“嗯。”

“她最近有没有跟什么人接触？”

“老师，我也不知道。”

“巴叶子，现在不是包庇同学的时候。你们是一个宿舍的，你应该最掌握她的动态。现在秋婉的父母就在我的办公室，事情很严重。我需要她马上到我的办公室来！”

“老师，让尔文和您说吧。”

巴叶子将手机递给了尔文。

“怎么了，老师？”

“尔文，你们到底知不知道秋婉最近神出鬼没地忙些什么？我要听实话。”

“她只是交了一个男朋友。”

“谁？我们学校的吗？”

“是火星师哥。”

“真太不像话了！你们谁能联系上火星？”

“老师您先别着急，我可以给他打电话。他和秋婉应该在一起。”

“好！你马上打！让他告诉秋婉，用最快的速度到我办公室来！她父母已经到了！”

“好的老师，我这就打。”

尔文选择投石问路，先给火星发了一条信息。

“师哥，秋婉和你在一起吗？”

“没有啊！她没和你们在一起吗？”

火星觉得情况不对，立即给尔文打去了电话。

“秋婉呢？”

“这也是我想问你的啊！”

“我今早送她回来了啊，不是上文化课吗？”

“是呀，可她人不在教室啊！我以为你们……唉，不说这个了，老师找她都找疯了！”

“怎么那么急啊？”

“说她父母来了，现在就在办公室。老师让我转告你，让秋婉以最快的速度到她的办公室。”

“请家长？”

“好像是，老师这次是真急了。”

“为什么啊？秋婉怎么了？”

“或许和她昨天旷课有关，我也不太清楚。现在最重要的是联系上秋婉。”

“你上课吧，我找她。”

就在火星为秋婉的关机不知所措时，秋婉突然上线了校园网，QQ头像也亮了起来。定位是“虚拟时光网吧”。

竟然背着自己去网吧了！火星不敢冲动行事，担心事情闹得更大。他迅速关上电脑，拎起衣服走出了寝室，直奔网吧而去。

刚踏进网吧的大门，火星就看到了那再熟悉不过的背影。他吸了一口气，悄悄走到秋婉身后。只见秋婉用力地敲击着键盘，屏幕上显示出一行行文字：时间会换掉一切最初的模样，你的模样。不可呼吸的明日漫长涌来，把脚印逐一埋葬。

“又伤感了？”

秋婉的耳朵里“轰”的一声，猛地一回头，心脏突然像充了电的发动机“扑通、扑通”地急剧加速跳动，血液如出柙的猛虎一样到处肆虐乱撞。她甚至可以清晰地感觉到背部的每一根汗毛都直立挺起，瑟瑟发抖。火星的到来让秋婉惊悚得像头顶炸了个响雷。

“你……你怎么来了……”

“这话应该我问你吧？你怎么来这里？”

“你怎么知道我在这里？”

“看来你特别不希望我知道你在这里。”

“我不是这个意思。”

“那你为什么不上课？你又撒谎。”

“我没撒谎！你只说让我下了课告诉你，但我没说我会去上课。”

“但是你也没说你不去上课。”

“说了你又不会同意。”

“你没说怎么知道我同不同意。”

“你可以说我没说，但是别说我撒谎。因为你不让我撒谎，所以我就不撒谎！”

“你在故意气我？”

“没有，就是不想撒谎。”

“那我要是还不知道你没上课呢？你是不是打算到了下课时间再回到学校告诉我你下课了？”

“不，我会直接站在学校门口告诉你我们可以走了。”

“你瞅瞅，你现在这个样子！越来越不学好！你是我见过最嚣张的大一学生！我当年都没有您这魄力！怪不得老师找你家长！”

“什么，你说什么？你怎么知道的啊！”

“我怎么知道的已经不重要了，重要的是我已经知道了。”

“谁告诉你我在这儿的？”

“你的同学都在上课，你说谁能告诉我？除了你自己，还有谁能告诉我？事到如今，我必须把你交出去。你的父母和老师都在办公室等你，跟我回去。”

“连你都不帮我了是吗？”

“你希望我怎么帮你？现在帮你的最好办法，就是带你回学校。你的父母来了，你难道不见吗？”

“你不见，我可去见了啊，反正早晚要见的。”

火星转变了态度逗着秋婉，秋婉被火星的这句话吹灭了焦虑。她笑了，乖乖地跟着他回了学校。

第二十章 DIERSHIZHANG

办公室里的秋婉父母得知秋婉没有在学校的情况，正焦急地等待着秋婉的出现。若不是亲耳听见老师打的那通电话，他们都不敢相信自己的女儿在校的表现竟会如此糟糕。

“我刚才说了秋婉旷课的事情。第一次是因为她夜不归宿，导致她没有接到我们调课的通知，手机还一直关机。就在那天下午，我们班上一个年纪最小的女生跑到我这里来告状，说秋婉把她给打了！我当时还半信半疑，以为就是小孩儿之间小打小闹，结果秋婉进了我的办公室就踹了那个女生一脚！我就跟这儿坐着呢，她根本不顾及这些。后来她又偷那个女生的东西！教务处给了她记过处分，也让她写了检查。这些她都没和你们说吧？即使这样我还是希望再给她一次机会，毕竟是自己带的学生。但是现在人家女生家长不干了，他们觉得孩子在学校受欺负了，来我这儿告了一通。我也确实看见了那孩子腿上又青又紫，然后秋婉来了，和那个家长也是横眉冷对！昨天一天的课又都没上，这就多少次了。现在你们也知道了她还是没有去上课，我真没有想到秋婉会是这个样子。这孩子我确实是管不了了！她这么不求上进，自甘堕落，谁也救不了她。”

秋婉的爸爸越听越气，气得浑身发抖、脸色铁青，心里的郁闷像山一样沉重，怒火在他的胸中翻腾，如马上就要爆炸的锅炉一样。老师使出全身解数拧开了扣得并不严实的杯子盖，差点儿闪着胳膊，一口气喝下去杯子里三分之二的水。

“老师，我替秋婉跟您说声对不起！是我们没有教育好她。她原来在家里的时候挺听话的，怎么就突然变成了这样，我真的都不知道。”

“你不知道谁知道！你当妈的你不知道？”

“我当妈的不知道你当爸的知道也行啊！你不是也不知道吗！”

“连个孩子你都教育不明白！”

“你怪我啊？她不是你孩子啊？你不教育啊！”

“我没这样的孩子！”

“你现在说这话？你以前怎么不说这话！不是在外面吹嘘你姑娘的时候了！”

“她以前什么样，现在什么样！”

“前天宴会的时候你还吹呢！她都什么样了！”

“我那会儿怎么知道她这样了！”

“平时连个电话都不打，你能知道吗！”

“你倒是打了！你知道了吗！”

秋婉的父母你一句我一句地呛呛了起来，老师想找寻到一个插嘴的机会似乎比登天还难。

“你们都冷静冷静，秋婉确实是一个好苗子。不瞒你们说，我是想作为重点对象培养她的，但是她的种种行为也是我从教 20 多年以来第一次见识，尤其她还是一个女生。开学不到一个学期的时间就给我惹出这么多事来。或许是我的能力有限，我觉得我真的培养不好她。”

“老师您别这么说，是秋婉自身的问题。”

秋婉妈妈向前挪了挪步。

“她可能不太适合我们学校。”

“给您添太多麻烦了老师。”

“你们把她领回去吧。”

秋婉妈妈的面颊开始发热，变烫，脸涨得通红，像燃烧的火球，鼻尖不断冒出细密的汗珠。她双唇紧抿，费力地咽着吐沫，双手很不自然地揉着衣角，脑子里一片空白。

“老师……您别生孩子的气……作为妈妈我很难接受。就没有余地了吗？求您再给她一次机会，孩子确实是太小了。”

“你这不说废话吗！老师能不生气吗！那比她还小的学生人家怎么不这样啊！”

“那你倒替她说句话啊！你什么意思啊！老师的意思你听不明白吗！”

“你当我傻啊！我能听不明白吗！她自己作的！我能有什么

办法啊！”

“什么叫你有什么办法啊？你的意思你是个局外人！你不想管了呗！”

“我压根就没想管过！那是她自己的事！”

“你说的是人话吗你！你想撇清关系也是你自己的事！你在这儿跟我来什么劲！你跟我吼什么吼！”

“谁说的不是人话？你他妈说什么呢！”

“你嘴巴放干净点儿！这他妈不是在家！”

“在家我不揍死你！”

“你凭什么揍我！秋波，我告诉你！你别以为我不知道你在外面那点儿破事！”

“你再说一遍！”

“你心虚什么啊你！我再说一遍怎么着！你脚臭就是穿破鞋穿的！”

“我去你妈的！”

“你去谁妈！你去谁妈！”

“离婚！回去离婚！我一天都不想跟你过了！”

“你现在不想过了！我早就不想过了！要不是看在秋婉的面子上，我还能忍你这么多年！你休想得到一分钱！我倒想看看，有谁还愿意死心塌地跟着你！你只是个秋波！别真拿自己当香饽饽！”

秋婉的父母愤怒到了极点，他们心里积压的怒气终于如火山一样忘我地爆发了。

“你们在这儿吵什么吵！这是我的学校！你们丢不丢人！丢

不丢人！”秋婉进了走廊就听见办公室里乱作一团。她气咻咻地冲进办公室，皱着眉头急促地呼吸着，愤怒得如同涨满河槽的洪水突然崩开了堤口。她咆哮着。

“你还知道这是你的学校？你还知道回来？你还知道丢人？我们的脸都让你给丢尽了！”

秋婉爸爸一下子冲到了秋婉面前，眼睛里冒出焚烧掉一切的火。他抡起一双刀斧般的大手掌狠狠地向秋婉的脸上扇去，“啪、啪”两声犹如炸雷般在办公室上空回响。在场的所有人都惊呆了。秋婉开始惊异于爸爸的脸，她从来没有看见过他这么严苛的脸，有如刷了层浆紧绷着。这么郁怒的脸，有如生铁铸成。秋婉的脸上热辣辣的，双颊顿时泛起红云，立现五条深深的血痕。一瞬间眼冒金星，手心里透出一片冷汗，她娇小的身躯不支倒地。

秋婉长这么大并不是第一次挨巴掌，但过去那些巴掌只扇在她的脸上，没打在心上。

“叔叔您太冲动了！她是个女孩子啊！有什么话不可以好好说吗？”火星飞快地半蹲在地上将秋婉搀扶起来。

“你谁啊？我认识你吗？这儿有你说话的份吗？我的孩子我愿意怎么教育就怎么教育！”

“我是她男朋友，我有保护她的义务。您这样的教育方式我不赞同！”

“男朋友？笑话！你知道她多大吗？谁同意她谈男朋友了？”

“她已经满 18 岁了，我们是两厢情愿。”

“谁规定 18 岁就可以谈恋爱了！”

“也没有人规定 18 岁不可以谈恋爱。”

“小屁孩，你才多大，别在我这里一口一个情啊、爱啊的！她很有可能就是谈了你这个所谓的男朋友以后才变得这么不自重！你承担得起这个后果吗！”

“叔叔，您这么说对我不公平，我并不是您女儿的第一个男朋友，况且，她也没有不自重。您不能这么说自己的女儿。”

“我没这样的女儿！你这是在纵容她，你知道吗你！你放着她打人、偷东西、旷课、夜不归宿的种种行为置之不理，还居然堂而皇之地和我说她没有不自重？”

“您说什么？”

“我说什么你都听见了！”

火星将视线慢慢地转移到秋婉身上。

“叔叔说的是真的吗？”

“你知道我没去上课的，晚上也和你在一起。”

“我问打人和偷东西的事情，真的是你做的么？”

秋婉沉默了，她的欲盖弥彰还是被识破了。尽管再怎么逃避，再怎么伪装自己，也依旧遮掩不住赤裸的现实。而火星面对此刻的秋婉，纵有万般无奈又如何。

“秋婉，我已经跟你的父母沟通过了，你到我这儿来填写一下自愿退学申请表吧。”

“自愿退学？我为什么要退学！你凭什么强迫我以自愿的名义退学！你凭什么让我退学！”

秋婉在愤怒中仍抱着一丝回旋的希望。它微弱得近乎绝望，强烈得近乎乞求。她不敢想象绝望是不是对自己被退学的绝望，但她清楚那份乞求分明是对自己留下的乞求，令人震惊，令她轰地一下全然忘记了身在何处。

“秋婉！你什么态度和老师说话！你还能不能给我留点脸面！”

“秋婉！你有什么资格这么和老师说话！我没打疼你是不是！”

“你们都说我！你们不分青红皂白地就都说我！你们只听老师的一面之词！连个解释的机会都不给我！你们是什么父母！”

“我们不需要听你的解释！我们听老师的就已经够了！老师说你的一点都没错！所有错都是你的错！你还有什么可狡辩的！你别再找打，我告诉你！不管我们是什么父母！我们都为有你这样的孩子而感到耻辱！你看看别人家的孩子！”

“你看看别人家的父母！”

“好了，这里毕竟是办公室。你们都不要在这儿吵了，走过的都是老师学生，影响不好。”

“老师，这就是你希望看到的，是么？他们在你面前这么对待我，你满意了是不是？”

“秋婉，可怜天下父母心吧。”

“可怜？老师，你觉得他们可怜么？我们到底谁可怜？我可怜他们？那谁可怜我！”

“所以我不想用开除的方式让你离开这个学校。”

“欲加之罪，何患无辞！我不同意！你不要当着他们的面假惺惺了！我要上校长那里告你！我从来没见过像你这么不讲道理的老师！”

秋婉无法平息自己，情绪里涌动出一团团热热得快要胀满的气流。

“左手证据、右手校规，秋婉，你拿什么和我据理力争？”

秋婉欲言又止，顿时好像掉进了冰窖，从头顶凉到了脚尖。就这样与大学告别了么？自己的目标呢？自己的理想呢？她陷在迷惘与挣扎中，是什么让自己这么茫然无措？是什么让自己这样欲哭无泪？她纠结在舍与不舍之间，心碎得一塌糊涂。想着自己的委屈与现状，看着妈妈失落又失望的眼神，心里既内疚又羞愧。这世界到底公平不公平，她真的不懂了。

秋婉对眼前的一切心灰意冷。她已经不需要倾听的对象，她已经没有了倾诉的冲动，只剩下凄凉的绝望声，静静的，静静的，随着钟表的嘀嗒声拖延耗尽自己的力气。她缓缓走到老师办公桌前，在退学申请表上写下了自己的名字。老师和秋婉父母也在申请表上签了字。

“你们先回海南吧，我不回。”

“你要干什么？你还想干什么秋婉！不回海南你去哪儿！”

“我在北京！”

“你学业都没了，你还在这儿干什么！”

“我是成年人了，我有我的自由。”

“好！你爸要离婚，你要自由！我给你们自由！你们以后谁都别回这个家！”

“秋婉，听话，跟你父母回去吧。”

“那你怎么办？我们怎么办？”

“秋婉啊秋婉，你可真不知羞耻！你都这样了，还惦记着儿女情长呢！我秋波现在明确告诉你！你没有资格谈恋爱！也不看看自己都什么德性了！”

“秋婉妈妈，院领导已经签完字了。退学手续下来以后，就让秋婉自己拿着退学通知单办理离校手续吧。她的档案将退回原籍，整个流程下来大概要一到两周。”

“听没听见？要一两周，我不能马上走！你们自己走吧！”

“好好和你妈妈说话。秋婉妈妈，这个就看你们方便了，要是时间充裕的话就在这儿待些日子，要是忙的话就先回去，到时候再来接她也行。秋婉在最后退宿之前，还是可以住在宿舍的。这个你们可以放心。”

“那我们就订今晚的机票走了，老家那边还真是挺忙的。”

“我能不知道她那小心思！那个，你！我以过来人的身份告诉你，你们不会有结果。别浪费时间了，该干什么干什么吧！”

“叔叔，我不想以注定结束为理由，去扼杀一切开始。”

“说得还挺好听，那往坏了理解就是玩儿玩儿呗！听我一句劝，放过她，行么？”

“人家怎么着我了！”

“你把嘴闭上！他怎么着你了，他心里最清楚！”

“叔叔，我特别能理解您的心情。我知道了，先走了。”

“算你知趣！”

火星和老师说了声再见，向秋婉爸爸鞠了一躬，转身而走。秋婉欲向门外追去，被她爸爸一把拽了回来。

“你还要不要脸！”

“火星那个学生不错，能力在学校里数一数二，我都不知道他们是怎么走到一起的。秋婉的本质不坏，就是太单纯了。大学不是游乐场，进进出出没那么简单，没有规矩不成方圆。她要是不做出改变，即使到毕业也恐怕很难适应这个社会。希望时间会以它另一种姿态磨去她的棱角。”

单纯有错吗？单纯就被开除？为什么要为了适应社会而改变？即使内心有无数反对的声音，秋婉都没有再发出一点儿声音。

“老师说得都对！这孩子毛病太多了，不修理不行了！打她我都不解气！”

“打打打！三句话不离打，你打死她吧！”

“秋婉父母，你们请回吧，这儿没什么事了。秋婉，你也可以走了。”

秋婉一声不吭地掉头走了。秋婉父母跟老师匆匆作别，紧跟着秋婉的屁股后跑了出去。

“没有家教的玩意儿！”

“也是拜你所赐！秋婉，我回去和你爸离婚，以后你跟我过！”

“你们打车走吧，我回寝室了。”

秋婉快步走进寝室楼，待她回过头向操场外望去时，父母已经乘着出租车扬长而去。她步子迟缓地迈上楼梯的第一层台阶，停住了。她想回到 317 再住一个晚上，哪怕只回去待上一分钟，可是她濒临灭绝的自尊心不允许她回去。最令她难过的是，自己的这一走，与 317 竟是永别。

秋婉离开了寝室楼，彻彻底底地离开了。

第二十一章 DIERSHIYIZHANG

秋婉独自漫步在十字街头，寒风像无情的箭，扎进秋婉的心窝。她迈着沉重的步伐，一步一步地向前走着，无精打采。行人无忧笑着，他们是在耻笑自己的失败吗？她眼睛无神地望着脚下的路，冰凉的水珠顺着她的脸颊流了下来，不知是雨水还是泪水，剧烈的悲痛涌上心头。雨中形成了一道道雨幕，仿佛是一面镜子，在这面镜子里，她照见了自己的灵魂。多么讽刺，多么可悲啊！人生就是这样，犯过的错，当自己意识到“错”了的时候，却已经变得于事无补了。

一双温热的手从背后将秋婉紧紧抱住。秋婉转过身，他的样子在她蒙眬的眼中慢慢清晰。

“你，不是走了吗？”

“我一直在操场上坐着，你没有看见我。”

“你跟了我一路？”

“嗯，我要不来，你打算去哪里？”

“我也不知道。”

“傻瓜，不要淋雨了，该感冒了。走，我们回学校开车，然后回家。”

“我没有学校可回，那已经不是我的学校了。”

“乖，别这样。”

“那是你的学校。”

“那你陪我回我的学校，好吗？”

“我以为你真的不要我了。”

“不会。”

火星的出现让秋婉已经凉透了的心急速升温，重燃了她对生活的希望。她无颜面对火星，却又无法割舍掉这份情感。

“有你真好。”

“嗯，你还有我。”

两个人回到家中，先后洗了个热水澡。火星原本想着晚上带秋婉去一家泰国餐厅。鉴于秋婉消沉的状态，火星只好改变计划，为秋婉亲自做上一顿晚餐。

“你有什么打算？”

“我不想回老家。我想留在这里，和你在一起。”

“可是你今天看到了，你爸爸并不赞同我们。”

“感情是两个人的事情，与任何人无关。他没有资格对我的感情指手画脚。”

“可他毕竟是你的父亲。”

“他都说没我这样的女儿，我也没有那样的父亲。”

“他说的是气话。”

“他给了你什么好处，你这样替他说话！我对你重要还是他对你重要！”

“好了，我们不说这个了，我知道你今天受委屈了。我们聊点儿高兴的吧，明天带你去欢乐谷怎么样？你不是说最喜欢游乐场吗？”

“我哪儿也不想去，就想和你待着。”

“出去玩儿也是和我待着呀。”

“我不想出门，只想和你在家待着。”

“下周开始，我们班的毕业大戏就要复排了，到时候就不能一整天陪你了。”

“一定要去排吗？”

“秋婉，你知不知道毕业大戏意味着什么？”

“知道，随便说说。”

“那要不要这两天好好玩儿玩儿？”

“不了。”

“其实你也可以来看我们排练的，就当陪我了。”

“不了。”

火星不希望秋婉的内心再起波澜，对她的一切意愿都是言听计从。他嚼着口中的菜，却觉得那菜似是泥做的，但如果真的是泥做的，也应该有些泥的滋味吧。

“好吃吗？”

“嗯。”

“那就多吃点，吃完我们去趟超市吧，买点你喜欢吃的零食放在家里。”

“我不想去，你帮我买吧。”

“好吧，我现在就去，还需要些什么，都一并告诉我。”

“烟，酒。”

火星已是无奈至极。他拿秋婉一点办法都没有，又舍不得冲她发脾气，话到嘴边又咽了下去。他对自己去超市的提议十分懊悔。他快速起身走到门口，一把拿起鞋架上的钱包和车钥匙，蹬上鞋子，脚还没有全穿进去，就出门了，连外套都没有穿。

秋婉脑海里播放着不堪回首的一幕幕，她难以释怀，心里掺杂着愤怒与悔恨。是谁让她成为现在这个样子？是谁让她走到现在这步田地？是什么分离了她和她的大学？仇怨像怪兽一般吞噬着她的心，使她不思饮食、坐立不安。就连那平日里开得娇艳的花，看起来都黯然失色了。她觉得她的心像是被一把钝了的锉刀残忍地割开，悲痛从伤口中流出，洒落一地绝望。

火星在超市里逛了许久，思来想去，还是拨了秋婉的电话。

“什么烟？什么酒？”

“有一款叫‘Four Loko’的酒，我想多要一些，烟要‘Marlboro’。”

这款叫Four Loko的酒，是肖章以前跟秋婉提过的，有“断片儿酒”之称的一款美国禁酒，目前在国内销售特别火热。两个人还没来得及一起喝一次就散伙了，而烟也是肖章最钟爱的一种。火星烟酒不沾，秋婉并没有在他身上受过这样的熏陶。这也是火星不希望秋婉沾烟酒的原因。然而这次，火星很想跟着秋婉一起尝尝酒的滋味。

火星拎着沉甸甸的“战利品”回到家中，见秋婉正生无可恋地躺在沙发上。餐桌上，两盘子色泽鲜艳的菜和他出去时一样放在那里。

“不吃了吗？”

“我吃不下。”

“你确定要喝酒吗？你这样会越来越颓废的。”

“对我而言，最颓废的事不是醉酒和夜夜笙歌，而是清醒着浪费时间。”

“好吧，我陪你一起喝。”

“你不是不喝酒吗？”

“人是会改变的，对吧？”

“你不要为我而改变。”

“我只是想感受一下你的感受。”

推杯换盏之间，那种处于混沌与清醒之间的微妙感觉，让火星忘乎所以。这就是酒的魅力所在吧。从那时起，他爱上了酒醉的感觉。嘴里说着语无伦次的话，时间似乎在那一夜凝固，所有的思想都被酒精冲刷得荡然无存。他好像放下了身上背负的责任和道义，醉得那么自然，醉得那么不意外。

第二天傍晚，秋婉在醉卧中醒来。她头痛欲裂，四肢无力，再一次感受着被践踏的生命。

“我好难受，我好渴。”

“来，把这个喝了，解酒的。”

火星坐到秋婉床边，给秋婉递上了一杯早就准备好了的蜂蜜水。

“你不难受吗？”

“我要是难受，谁照顾你？”

“你怎么起得这么早？才6点。”

“傻瓜，已经是下午6点啦。”

“天啊，我怎么睡了这么久！你怎么不叫我呀？”

“让你养精蓄锐，今晚继续喝呀。”

“不是吧？你喝上瘾了？”

“嗯，酒这个东西比我想象中好喝。”

“那你到底几点醒的呀？”

“不到8点就醒了，他们打电话通知我取演出服，不然我肯定起不来。你看，服装我都拿回来了。”

“哦。”

“今早开车的时候差点儿和一辆宾利追尾，可把我吓坏了。”

“啊？怎么回事啊？”

“乏力，睁不开眼睛，还想吐，我都不知是怎么坚持到学校的。”

“那你还想喝？”

“现在好了，回来以后我就补了一觉。”

“可我怎么什么都不知道？”

“快起来吃饭吧，我都做好了。”

“我恶心，反胃，一点儿食欲都没有，不想吃。”

“少吃一点儿也行呀，不然空着肚子怎么喝酒呀？”

“真的吃不下，我今天也不想喝酒了，太难受了。”

“那好吧，我自己喝。”

夜色再次降临，清冷的月光洒落满地。窗外的梧桐飘落三两枯叶，时不时能够听到风吹树叶的沙沙声。墙角处，碎叶伴着些许尘埃在风中打着旋。秋婉搂着冰凉的笔记本电脑，藏在被子里百无聊赖地盯着屏幕中的校园网。她伫立在大学的界外，寂静地看着同学们相伴的身影。她缓缓地伸出那双筋脉突出的双手，试图去触摸，却被透明的薄膜隔绝。任凭内心再怎么呼唤，也只能沉入黑暗，渐渐被吞没，直到完全泯灭，堕入谷底。

第二十二章 DIERSHIERZHANG

火星对饮酒明显有了上瘾的趋势。他将所有的心事融入酒中。面临毕业的压力、不能到处乱撒的野、怕刺激秋婉而不忍直说的话，都化为酒精流进了胃里。

两个人浑浑噩噩地宅在家里已是四天。崭新的周一正式到来，也迎来了火星新一轮的排练。

“要不要陪我去？”

“不。”

“好吧，如果饿了的话就打电话点外卖吧，等我回来。”

“嗯。”

宽阔的马路一时间堵得水泄不通，喇叭声响成一片。包括火星在内的司机们都烦躁不安，他反反复复地看着手机上的时间，不断地向车前方眺望。车子好不容易开动起来，但刚过了高架桥，就被警察拦下了。

“驾驶证带了吗？吹一下。”交警拿出酒精检测仪。

“啊？白天也查酒驾？”

火星一脸的幽怨。他只是觉得麻烦，又耽误时间，敷衍了事地对着检测仪吹了一下。驾驶证呢？坏了！驾驶证放在钱包里，钱包落在家里了。这脑子是怎么了？不过自己也不是酒驾，好好解释一下应该没有问题。

“没少喝吧？”

“啊？我没喝酒啊，警察叔叔！”

“你自己看看！”

“啊？这怎么可能？”

“还说自己没喝酒？”

“我确实喝酒了，可我是昨晚喝的呀？”

“昨晚几点？”

“两点多。”

“过了十二点就是今天了！”

“天啊！这都可以？那怎么办啊？”

“知道交规吗？”

“警长叔叔，您能通融一下吗！我这上学来不及了。”

“你还是个学生？那你还敢酒驾！”

“我真的不是故意的，警察叔叔，我快要迟到了。”

“驾驶证给我看看。”

“我，我忘带了。”

“你这小子真是，不是我不通融你，我怎么知道你到底有没有驾驶证？”

“警察叔叔，我让我女朋友把我的驾驶证拍个照发过来给您看一眼，这样行吗？我真的是好人。”

“哈哈，跟好人坏人没有关系。什么人开车都得带驾驶证呀，你说是不是？你让她拍吧。”

火星给秋婉拨去了电话，电话那头迟迟未响应。他的精神像被机关枪打成了筛子一般。接电话呀！秋婉，接电话呀！火星心急火燎得脚都快跺麻了。殊不知，家里的秋婉正睡得和死猪一样沉。

完了，火星知道自己肯定要迟到了！老师之前刚刚在会上整顿过班风，坚决杜绝迟到现象。不能因为是毕业班的毕业生就可以自由散漫，不能因为一个人影响了整个集体。何况自己在毕业大戏中又担任 A 组男一号的角色，他越想越惶恐。

“警察叔叔……”

“行行，你走吧，看你是学生，年轻初犯，下不为例啊！”

警察的放话让火星在高兴激动之余更加气不打一处来。折腾了这么一出，只能自认倒霉。他一路堪称是跋山涉水、翻山越岭才到了学校剧场。连排已经开始了，站在台上的是 B 组的男一号。

“老师，对不起。”

“什么原因迟到？”

“堵车了。”

“都知道堵车，我们怎么不迟到啊？你不知道老师们都是提前几个小时出门的吗？这个问题我说过多少遍了！”

“老师，我保证这是最后一次，您看我表现。”

“你嘴里怎么这么大酒味？”

“噢，昨晚喝了点儿酒。”

“说露馅儿了吧，是不是今天早上没起来床啊？你瞧你这个状态！”

“老师，我一上台就精神。”

“好，先坐这里看吧，B 组排练你上。”

“老师，现在不是在排 A 组吗？”

“全班同学都要放下进度等你吗？”

“噢噢，老师，也就是我还是 A 组对吗？”

“你不是让我看你表现吗？”

“不会让您失望的老师。”

火星的心里开始不安。虽然都是男一，但 A 组和 B 组还是有本质区别的。就演出场次来说，A 组的场次较多，学生毕业就业的机会也就更多一些。毕竟来看演出的人很多都是艺术剧院的院长、演艺公司的领导。如果自己因为仅有的一次迟到就失去 A 组的男一，火星一辈子都不会原谅自己。

他极力调整自己的状态，但总是觉得心有余而力不足，不能游刃有余地控制自己的身体和动作。他坚信着上台以后状态一定会回升，眼下这一切只是自己的幻觉罢了。

上了台的火星大脑一片空白，整个人像失去了重心，“咣”一头栽到了地上，吓得老师直接跳上舞台。同学们也纷纷围了过来，接到电话后匆匆赶来的校医强烈建议将火星送往医院。

火星被诊断为酒精中毒。他必须马上戒酒，陪着来的安然对此大惑不解。

“我记得以前聚会上你说你不喝酒啊？这怎么还中毒了？”

“那天和我女朋友喝了一次，感觉还不错。”

“敢情是被人家带的啊，是那个秋婉吗？你俩还好着呀？我听说她不是被劝退了吗？”

“是，批文这周下来，才能把剩下乱七八糟的事办完……”

“那你还和她好？”

“然哥说笑了。”

“你看我像说着玩儿吗？”

“她最近心情特别不好。”

“所以你俩就对酒当歌啊，真逗！她喝酒是消愁，你喝酒是找抽。”

“为什么这么说啊？”

“她不用上学也不用排练，想怎么喝就怎么喝。你就不一样了，你都耽误事了！”

“我已经没事了。”

“火星，你听哥说，现在这个时候你不能太意气用事，你得留点儿心。你知道你们班有多少男生盯着你的角色呢？他们巴不得你出点儿什么问题，然后顶替你的位置。你当局者迷，我旁观者清啊。”

“可我现在是A组男一啊。”

“你们班一个个都猴精猴精的，就你怎么这么傻？今早你没到，不就是B组男一替的你吗，你现在没什么事还好，要是身体出现什么大碍，人家就真把你替了！你有那么不可取代吗？其实谁也不比谁差到哪儿去。”

火星觉得安然的话似乎有那么点道理，却十分不想苟同。这番话如果是从自己父母或老师的口中说出来，也许还能起到一些作用，可从一个好为人师的旁听生那里听到，呵呵还是算了。

“那我就让自己做到无可替代！”

“还挺有个性，反正我提醒过你了。”

安然一路载着火星重新回到了剧场。老师见火星生龙活虎地向自己走过来，总算是松了一口气，因为她打心眼儿里是认定火星的。她觉得火星的外形是最贴近剧本男主角的，他在舞台上散发出来的强大气场也是班里任何男生无法替代的。她一直在为火星祈祷，直至火星的出现。

“你怎么样？什么情况？大夫怎么说？”

“老师，我没事，大夫就是说我最近酒喝得有点多，让我戒酒。”

“我也想说你，你为什么喝这么多酒？现在什么阶段你不清楚吗？你要是在这关键时刻给我掉链子，我告诉你那我就对你太失望了。”

“我不会再喝酒了，也不会让您失望的，请您相信我。”

“我一直都很相信你，可只有我相信你是没有用的，你还需要用实际行动说话，知道吗？”

“嗯！知道了老师，那我去准备啦。”

“再等一下，你是不是最近谈恋爱了？”

“啊，老师，您，您怎么知道的？”

“学校这一亩三分地，不知道反而奇怪了。你谈恋爱我并不反对，但是时机不太对。还有秋婉那个学生，她是有一些问题的。我听说了她的一些事情，你和她在一起，我很担心你被她带坏。”

“老师，我一个男生，怎么可能被一个女生带坏呢。我接触过她，我了解她，她很单纯，一点儿都不坏。”

“我并不是指那种纯粹意义上的坏，只是你一定会潜移默化地受她影响，包括你最近精神状态、身体状态的变化，以前都是没出现过的。老师只是提个醒。交友需谨慎，何况她是被我们学校劝退了的。”

“老师，您怎么也戴着有色眼镜看人呀。”

“火星，不要太意气用事。你要知道现在什么对你才是最重要的，避免得不偿失。”

“知道了，老师。”

“去准备吧。”

火星的心又一次感到不舒服。可面对老师对自己的信任，他只能佯装出听话的样子。

第二十三章 DIERSHISANZHANG

排练进行得如火如荼，火星的状态渐渐步入佳境。秋婉连续拨打着火星的电话，始终无人接听。最后一遍连排结束，已是晚上 9 点多了。

“我马上回家，别着急。”

“哦。”

夜深人静，火星一个人驾车独行。他肌肉酸痛无力，期盼躺床入眠。好在交通还算顺畅，火星的脚前一秒钟踏进家门，后一秒钟就瘫倒在了床上。

“累死我了！”

“你怎么才回来啊？”

“刚结束啊！”

“一直在排练吗？”

“是啊！”

“真的吗？”

“真的啊！”

“你怎么不接电话啊？”

“不是说排练吗？”

“这一天也不知道给我打个电话什么的。”

“太忙了，也没有心思想别的事。”

“我是别的事？”

“跟这儿等着我呢？”

“那你说，你们不吃饭、不休息吗？怎么着也应该给我打个电话呀！你为什么一天都不给我打电话！”

“哎呀，你烦不烦！”

“你嫌我烦，说明你心虚！我根本不相信你一天都在排练！”

“我都累了一天了，咱消停一会儿吧，行么，姑奶奶？”

“不行！我就问你为什么一天都不给我打电话！”

“好！你要是真想较这个劲，那我就问你，今天一早我给没给你打电话？打了几个？你接没接？”

“那时候我在睡觉啊，没听见。”

“暂且不说你睡不睡觉、听没听见，你就说我打没打吧！”

“行，算你打了！你一大早给我打什么电话！不知道我在睡觉吗？”

“什么叫算我打了？我是实实在在地打了！打得相当走心！我也不想打扰您的美梦，可是我差一点儿就被警察叔叔带走了！”

“啊？为什么啊？怎么了！”

“可能是昨晚的酒没醒，被查出酒驾了。驾驶证也忘带了！这一早上太搓火了！”

“My god，怎么会这样啊！我昨晚说没说不让你喝了！你就是不听！你给我打电话是让我去给你送驾驶证吗？那你最后怎么走的啊？”

“哪敢劳烦您啊！我寻思让你帮我把驾驶证拍下来，我好给警察看一眼。你也不接电话，我都急得快上房了。”

“那后来呢？”

“后来他就放我走了，这警察真孙子！”

“人家放你，你还这么说人家？”

“你是不知道当时那场面！总之就是倒霉催的。然后，我今天一上台，忽忽悠悠就晕倒了，去医院大夫说是酒精中毒。”

“发生这么多的事，你怎么才告诉我！你更应该给我打个电话啊！”

“不要再提‘打电话’三个字了，好么？”

“又是酒又是酒！”

“我不想让你担心我。酒我是不会再喝了，喝怕了！”

“那我们一起戒酒，我也不喝了！对了，你们学校通知我明天去办剩下的手续。”

“好，那早上我们一起走。”

“嗯，我还想看你排练。我想和你在一起，我一个人在家待着太无聊了。”

“啊，那个，秋婉，估计你办完那些手续，排练也就结束了。

明天不会到这么晚，如果你比我早结束的话，先到咖啡厅等我如何？你可以在那里上网。”

“我就是想看见你，才想看你排练的。上网我在家就可以上，谁要去那里。”

“明天是不带服装连排，没有那么精彩。等正式演出再邀请你来看，给你个惊喜，好不好？”

“那好吧。”

火星长出了一口气。

演出的日子一天比一天临近，火星觉得是时候通知父母做来北京的准备了。

“爸，我妈怎么不接电话啊？”

“她参加婚礼呢，可能听不见吧。”

“噢噢，你怎么没一起去啊？”

“去了又得喝酒，我实在不行了，昨天晚上的酒还没醒呢。等你妈完事我去接她，她喝酒不能开车。”

“你昨晚喝到几点啊？”

“我想想，怎么也得两三点了。”

“那就是今天了啊，爸，你相当于是今天喝的酒。现在白天也有查酒驾的，你知道吗？你如果感觉状态不好就千万别开车，要是被查到就麻烦了。我那天不就是个例子吗！”

火星急忙用手捂住自己还没闭上的嘴，一口气提到了嗓子眼儿。

“你啥例子？”

“没啥，爸。”

“你是不是酒驾了？”

“我也是前一天晚上喝的酒，准确地说是第二天凌晨，早上就被警察拦下了。我可能是没休息好，酒没醒透，所以才提醒你的。”

“你还真是酒驾，胆子怎么越来越大了！”

“好了爸，都过去的事啦。”

“你说你没事喝什么酒，以前滴酒不沾还挺好。毕业以前不许再喝酒了啊。”

“爸你放心吧，我这辈子都不会再喝酒了。医生和我说酒精中毒必须要戒酒。”

“酒精中毒？怎么又医生说了？你还去医院了？”

火星彻彻底底地服透了自己这张棉裤裆嘴，恨不得抽自己两个大耳刮。

“我那天，晕在台上了，同学就送我去医院了。”

“你这是喝了多少酒啊？干吗这么喝啊？你要是有个三长两短，你让我和你妈怎么办啊？临毕业、临毕业，倒不让人省心了！”

“爸，我现在不是好好的吗，我以后再也不这样了。正事都忘了说了，我们20号演出，还有10天。等我妈回来，你俩商量商量哪天过来？然后提前告诉我一声。”

“行，知道了。”

火星爸爸恨不得现在就飞到火星身边盯着这小子，生怕他再出什么乱子。火星妈妈在得知火星的情况后更是心急火燎、如坐针毡。两个人一拍即合，决定第二天就去北京，先给火星改善改善伙食，再多陪伴他一些日子。

为了避免打扰火星的排练，火星父母并没有告知火星他们的即将到来，也想顺便给他一个惊喜。

第二十四章 DIERSHISIZHANG

“你先拿东西上楼吧，我去超市把菜买了。”

火星妈妈没有从出租车上下来，边说话边琢磨着晚上的食谱。

火星爸爸从车后备箱里提出一个满满的箱子，里面是火星最爱吃的海鲜“老三样”。

到了家门口，他将海鲜放在地上，从衣服兜里掏出钥匙，插进门里。还没来得及拧开，屋子里听到开门声音的秋婉就顶着湿漉漉的头发兴奋地跑到门口，快速地吸了口手中的烟，一把将门推开。门直接撞到火星爸爸的脑袋上。

“老公，今天你怎么这么早就……啊！你谁啊！”

秋婉猛然发出刺耳的尖叫声，吓得火星爸爸是魂飞魄散。他嘴唇闭得紧紧的，抑制住了正要发出来的叫喊。

屋子里竟然有人？蓦地，火星爸爸怔了一下，短促地痉挛般呼了一口气，像脚底生根似的原地站着，心脏“扑通、扑通”地加速跳动。

秋婉被眼前这个揉着脑袋的陌生男人惊住了，吓得往后退了两三步，脸上先变得青白，随后又涨得极度的绯红。身上裹得不太紧实的浴巾一刹那滑落到脚上，裸露的身体在这个陌生男人面前暴露得一览无余。

“啊！”刺耳的尖叫声又一次响起。

“砰”的一声，门被火星爸爸闪电式地关上。他身体向后一撤，慌张地抬起头，眼珠子一动不动地盯着上方的门牌号。没错啊，是自己家啊！这个吞云吐雾又在自己家洗澡的姑娘是谁？她刚才喊了声什么？老公？莫非是火星的女朋友？如果她真的是火星的女朋友，这也太……唉！他怎么找了这样一个姑娘？这小子，谈恋爱也不跟家里汇报一声！

秋婉的嘴张得像火星爸爸带来的海鲜箱子口那么大。她老老实实地蹲在地上，一手抱着腿，一手将烟直接拧灭在地上，然后慢慢吞吞地抬起头，紧紧地盯着门，迅速捡起浴巾包在身上，接着咽了两三口唾沫，脊梁上流下一股股的冷汗。

一切都发生得那么让人猝不及防。此时，屋里屋外的两个人都有些魂不附体，共同选择沉默压惊。镇定了片刻，火星爸爸还是决定给火星打一个电话问问究竟。换好家居服的秋婉也拿起手机，找出了和火星的通话记录。两个人同时拨打着火星的电话，电话那头不断传来，“您拨打的电话正在通话中”。

秋婉无法平静自己的心神，急不可耐地不停地挪动着脚步。

门外的火星爸爸也左三圈、右三圈来回地踱着步。

“哎呀！你和谁打电话呢？”

几番狂轰滥炸过后，秋婉的电话抢先一步打进。

“没打电话啊？我吃饭呢。”

“那怎么一直占线！你钥匙丢过没？刚才有个人开家里门，我要吓死了！”

“不会吧？我没丢过钥匙啊！现在那个人呢！？你还好吗？”

“我不好！我害怕！你现在能不能回来呀？我不知道那个人到底走没走，你等一下！”

秋婉脱了鞋，蹑手蹑脚地走到门口。她透过猫眼儿，看见那个陌生男人正背对着门低着头抽烟，另一只手不停地将电话举到耳边又放下。

“他没走！就在门口！”

“是个什么人呀？”

“一个男人，刚才太慌张，现在他背对着门！我说不清！我现在应该怎么办呀？”

“你别怕，稳住，先把门反锁，然后报警！”

“哦哦，好好！那你什么时候能回来呀？”

“你先按我说的做，我尽快往回赶！”

“好吧，好吧。”

挂掉电话的秋婉小心翼翼地将门反锁上，紧接着拨打了110。

火星爸爸的不懈坚持也终于有了结果。

“火星啊，你和谁打电话呢？打这么半天，快20分钟了。”

奇怪，刚刚和秋婉的通话连10分钟都不到啊？这两个人怎么第一句话都问自己同样的问题？难道是自己的电话出问题了？

“爸，怎么了？有事吗？”

“我和你妈到北京了。”

“啊？怎么今天就来了啊？不是让你们提前告诉我吗？你们现在在哪里啊？”

“你妈去超市了，我在家门口。”

“啊？你都到家门口了！”

火星的大脑飞速地运转，秋婉说的那个人……不会是……爸爸吧？啊！

“爸，你开门没有？”

“开了。”

“然后呢？爸？你多说点儿啊！”

“我都不知道该怎么说了。一个姑娘开的门，我还以为走错了呢！”

“到底是你俩谁开的门啊？我也是醉了！”

“怎么又醉了？又喝酒了？”

“晕！爸，不是，我没喝酒！你回答我问题啊！”

“我刚插上钥匙，正要开呢，她就把门打开了。她也许以为我是你，张嘴就喊‘老公’，是你女朋友吧？”

“爸我不是说了让你们提前告诉我吗！我好让她先出去住几天啊！现在这是什么事啊！”

“你这个女朋友哪找的？”

“学校师妹。”

“看样子不大，就这么和你同居了？你让她回到宿舍里住啊，出去住什么。”

“爸，先不说这些了！她刚才给我打电话说吓得不行，我也没想到你们会来，我还让她报警了。”

“你这孩子！你爸我也让她吓了个半死，现在这小姑娘可了不得！”

“爸，我现在给她打个电话，要不你先去找我妈？”

“我拿这么沉东西怎么走啊。”

“你就把东西放门口，人走就行了。我让秋婉一会儿拿进去。”

“你可真能安排你爸！把你自己的事安排好，最好别让你妈知道。”

“知道了爸。”

此时的火星已是百感交集，这么大的乌龙事件竟然发生在自己爸爸和女朋友之间。火星爸爸放心不下那一箱子海鲜。他盘算着，这姑娘一定不会马上出来，还是等这姑娘要出来的时候自己再走吧。

“秋婉，我们都误会了！门口的那个人是我爸！你现在马上打 110 告诉他们不要来了！”

“什么？？你爸？你怎么不提前告诉我他要来啊！”

“你别激动，因为他们也没有提前告诉我。不单是我爸，我妈也来了。”

“那你现在要我怎么办啊？他们住哪里啊？”

“他们当然住家里了。秋婉，你现在把门口的东西拿进家，我让我爸去找我妈了。然后，你再把你的东西都收拾收拾，出去住几天好吗？”

“我本来住得好好的，一点儿思想准备都没有！你说让我出去住我就得出去住，凭什么呀！”

“我也没想到他们会今天来。我昨天给我爸打电话的时候，特意嘱咐提前告诉我哪天来。这事就赶在这儿了。”

“你给你爸打过电话让他们来？你是不是故意用这种办法想把我赶走！火星你是故意的吧！”

“你怎么能这么说啊？我得让他们来看我最后一轮演出啊！”

“这么说，你早就有让我出去住的打算，是吧？”

“咱们四个人总不能住在一起吧。”

“行！火星，我认清你了！我走，我现在就走，你永远也别想再见到我！”

秋婉的样子变得狂乱，狠狠地挂断了电话。她噘着嘴唇，怒气横生，狂奔向卧室。一脚踢开门，重重地将身体摊在床上，想使自己平静下来。可是她越想越生气，根本无法控制住自己。她用力地踢门、踢桌子、踢椅子，踢一切可踢的东西，被发泄出来的愤怒像战车一样狂奔。她将自己的衣物一件件地塞入行李箱，泪水顺着脸颊流淌。

秋婉通话时高昂的音调以及屋内发出的一切声响都被站在门口的火星爸爸听得一清二楚。他对屋子里的这个女孩子不满至极，同时又心疼自己的儿子。

火星妈妈和派出所的人先后进了电梯。她将菜倒了个手，在数字 7 上按了一下，警察立即收回了刚要触摸揿键的手。十几秒过后，一拨人同时走出电梯。

“你没带钥匙？怎么不进去啊？”

火星妈妈见丈夫竟然站在自己的家门口眉头紧锁，便快步走近他。火星爸爸正琢磨着怎么开口，两位警察就在二人身旁停下了脚步。火星妈妈一脸错愕的表情。

“你好，我们是朝阳区派出所的，刚才接到了居民的报警，请问你们认识这屋子里的人么？”

“怎么了？我们家进贼了？”

“您说这是您的家？刚才是屋子里面的人报的警，称有陌生人开她家的门。”

家里有人？火星不是应该在学校吗？那也不对啊，如果火星真的在家，他也不可能报警啊！火星妈妈云里雾里，越来越糊涂。最知道原委的一定是他了。

“什么情况啊，火宪？”

“还是亲自问你宝贝儿子吧。”

“跟咱儿子……”

“你好，派出所。”

警察轻轻地敲了敲门，打断了火星妈妈的话。火星妈妈屏住呼吸，对接下来的一切充满“期待”。这确定不是大变活人戏法？屋子里的秋婉没有应答。她将房子的钥匙放在了鞋架上，拖着自己的行李箱打开了门。

啊！竟然从自己家里冒出一个小姑娘？秋婉的现身让火星妈妈大吃一惊，这完全出乎她的预料。

“是你报的警吗？”

“是我报的。我现在可以取消报警么？”

“小姑娘，你以为报警是叫车服务吗？说取消就取消？”

“他们不是坏人，是我男朋友的父母。”

男朋友？火星妈妈的心颤了一下。

“你知道报假案的严重性吗？”

“我不是故意的！我之前什么都不知道！你们把我抓起来吧！”

“你这小姑娘怎么这么激进呢！我们警察都没急呢，你这是干什么！你们二位认识她吗？”

“不认识，我儿子从来没和我们提过他有女朋友。”

“咱儿子刚才在电话里刚和我说。”

“是他儿子让我报的警！”

心灵再度受到重创的秋婉开始绝地反击。她气冲冲地从包里翻出手机，给火星拨去了电话。

“警察来了，你妈也来了！”

“秋婉，你会好好说话么？我怎么听着这么不舒服啊！”

“他们现在一群人在围剿我！”

“你当着我妈的面，这么说话合适么？”

“我怎么说话是我的事！你听着舒不舒服是你的事！你妈都不顾及我的感受，我为什么要顾及她的感受！”

“你！我妈怎么你了！”

“你怎么和我儿子说话呢！你妈没教育过你吗！我儿子怎么能看上你这么个少调失教的人啊！长得像个人，说起话来禽兽都不如！”

“我已经和你儿子没有关系了！”

“这正是我所希望的！”

“火星！你现在和警察解释清楚，让他们放我走！”

话音未落，秋婉一把将手机伸到了警察面前。警察摇了摇头，无奈地接过手机。

“你好。”

“警察叔叔好，是我的错，我父母从老家过来。他们来之前并没有告诉我，也不知道我有女朋友。我女朋友也不知道他们要来。家里突然有个不认识的人开门，她就害怕了。这一切都是个误会，实在是不好意思，给你们添麻烦了。”

“现在的年轻人啊！成，那你们就自己解决家庭内部矛盾吧。”

秋婉从警察手里凶猛地抢下手机，不遗余力地摁了挂机键，拖着箱子拂袖而去。在场的几个人都傻了眼。

“她是个什么玩意儿！竟然住到我家里来了！火宪，打电话联系保洁来！”

“您别太生气，就别跟小孩一般见识了。既然没事了，我们也撤了。”

“好的好的，让你们见笑了，慢走。”

火星妈妈拉开半掩着的房门进入家中，火星爸爸提着海鲜箱子紧随其后。浓重的尼古丁气息扑面而来，呛得火星妈妈咳个不停。一眼望去，茶几上堆满了破废的烟盒、易拉罐，餐桌上是残汤剩饭，油污尽染桌面，还有果汁的汁水。整个客厅肮脏、凌乱不堪。再看卧室，像是原子弹刚发射过似的，满屋的碎片。凳子东倒西歪，床上的被子蜷缩在角落里，整个房间弥漫着让人窒息的混浊味道。火星父母感觉糟透了，一种“好白菜被猪给拱了”的心情涌上心头。

第二十五章 DIERSHIWUZHANG

秋婉搭上出租车直奔机场而去，在途中订了傍晚回海口的机票。这次真的要离开了，离开这座让她伤心欲绝的城市。她在这座城市中温暖的最后一道防线已经崩塌。火星是那样漫不经心地走进自己的世界，又不动声色地毁了它。或许相遇的最好结果就是相忘于江湖。秋婉知道，即使自己不离开，就凭刚才的事，她和火星也无法再继续下去了。

秋婉的心脏如垂死挣扎般剧烈地跳动，曾经一同走过的地方、一起拥有的回忆、一起养成的习惯，突然变成不能触碰的疤。她回想着和火星在一起的日子，心里感到钝痛。这种感觉就如同被打了麻药，知道哪里痛，但却感觉不到。又因为感觉不到，而更加惧怕，因为她连痛的感觉都失去了。

几个小时的飞行，加之今天发生的一切，让秋婉身心巨乏。她只希望能够回到家踏实地睡上一觉，什么都不想。

秋婉拖着疲惫的身躯进了家门，见门口摆着一双豹纹恨天高。妈妈竟然都尝试这么大尺度的鞋了？还有一双鞋是爸爸的，看来爸妈都在家。太好了，他们一定是没离婚！

秋婉试探着向父母卧室走去，轻轻地推开了房门探进脑袋，瞬间又如触电般“哐当”一声把门关上。她被屋里的场面震惊了。她完全傻了，头上仿佛着了一个霹雳，受到电击一般，四肢顿时麻木，既说不出话，也没有力量，精神处于半痴呆的状态之中。

她看见一男一女赤裸裸地在床上翻滚着，压得床“吱吱”作响。男人是自己的爸爸，而女人却不是自己的妈妈。

女儿的突然出现让秋婉爸爸无地自容。他眼睛里有一种被抓捕的恐怖，嘴唇和面颊惨白而拉长。他本能地拽过被子盖在了两个人身上。

“我妈呢！”隔着门，秋婉大喊。

“你妈跟小白脸跑了！”

“她在哪儿！她为什么关机了！”

“她和我一样忙！”

“那我跟谁过！”

“你的抚养权归我了！”

“我不跟你过！”

秋婉“噌”一下跑走了。她心疼得像刀绞一样，疼得喘不过气来，眼泪噼里啪啦地往下滚。她将自己关在家门外，一屁股坐在地上。楼道里安静得可怕，静得能够听见自己“咚咚”的心跳声。

秋婉的心里潜伏着一个深渊，一个扔下巨石也发不出声音的深渊。秋婉的怨恨没有人能够替她消除。在无底的深渊之中，没有光明，没有一丝温暖，只有恐惧和迷惘在耳畔呻吟。

秋婉并非是个经得起折腾的人，她的韧性是有限度的。她的精神已接近崩溃的边缘。她仿佛见到整个世界毁灭在自己的面前，废墟中的每一片片砖瓦都刻有鲜活的记忆。孤独、寂寞、失落、无助将她压得喘不过气来。她感觉全世界都抛弃了自己。她想逃，想逃到另一个世界去，可是她已经精疲力尽，连起身的力气都没有。她身体安静地靠在墙上。即便那么小心地保持表面的安静，终究却发现，自己只是一个被生命放逐的人。一个长途跋涉的人，却永远走不到终点，找不到任何该停留的地方。

门突然间被推开，秋婉心里“咯噔”一下。

秋婉爸爸和那个女人从家中走了出来。见有个人在门口坐着，也同时吓了一跳。

“你在这儿坐着干什么？回家去，我今晚去外地，过几天回来。”

“你给我点儿钱。”

“你那儿没有吗？”

“太少了。”

“你都不上学了，要那么多钱干什么！”

“你就再给我点儿。”

“没有，钱都让你妈卷走了！”

秋婉爸爸不顾秋婉和女人，大步流星地走了。

“你是他的情人么？”

秋婉一把拉住女人的手。

“妹妹，我是你爸爸叫的上门服务。”

秋婉随之而来的羞耻感让她觉得自己也像是一个当事人，脸一下红到耳根。

“你为什么做这个？”

“挣钱快。”

女人的话一语点醒梦中人，使秋婉如醍醐灌顶。是啊，如果自己能赚到足够的钱，就可以永远地离开这个家。

“你们那里还要人么？”

“你的意思是？”

“你觉得我可以么？”

“妹妹，你家有这么大的豪宅，你这是图什么呀！”

“房子不是家，有爱才有家。我连爱都没有了，住豪宅有什么用。”

“你长得这么漂亮，做这个是没有问题的，但你不怕你爸爸知道吗？”

“上梁不正下梁歪。”

“我父母都是憨厚的本分人。爸爸常年瘫痪在床，妈妈下岗在家伺候他。我还有一个 10 岁的弟弟，他还在上学。家里没有经济来源，只能靠我一个人。”

“我不是说你。”

“我叫碧池，你呢？”

“Bitch？”

“呵呵，我已经习惯了，叫我池姐吧。”

“嗯，池姐，我叫秋婉。”

“名字真淑女，你多大了，秋婉？”

“明天过 19 岁生日。”

“原来你比我还大一个月，我以为你也就 15、16 岁呢。”

“你 19？不对！你才 18？”

“嗯，看着特像 38 是吧？有时候我会为自己的所作所为感到恶心。因为在别人面前，我不是真正的自己，太过于伪装。但我认为这是早熟，因为我不缺单纯。”

“你长得好像我们寝室一个同学。她就特别成熟，身材也好。”

说完话的秋婉难掩内心的失落，她忘记了自己的身份。

“你还在上学？”

“不，学校不要我了。”

碧池没有继续追问下去，两个人因对彼此的同情顿时产生了一种“惺惺相惜”的情愫。

“很高兴认识你，跟我走吧。”

秋婉随着碧池一同去到场子，正式开始了自己的“职业”生涯。她不再是这天以前那个对爱情充满浪漫情怀的小女孩儿了。

第二十六章 DIERSHILIUZHANG

“秋婉，你还好吗？想知道你最近过得怎么样？看你把校园网都清空了，很担心你！你现在在哪里？北京，还是老家？要是在北京的话，周末一起出来吧？”

“肖章，你知道什么是多余么？多余就是夏天的棉袄、冬天的蒲扇，还有我心冷后你的殷勤。”

对着秋婉的决绝，肖章沉默了。但比起沉默，肖章更希望可以销毁掉刚刚发出的那条信息。

结束排练的火星回到家中，见爸妈已备好了一桌子菜肴等着自己回来。

“我的儿子回来了！快让妈看看，累坏了吧？”

“我的亲妈，你们来之前为什么就不和我打个招呼！真郁闷!"

"要是提前告诉你，我和你妈就发现不了你还金屋藏娇呢!"

"就那样还娇呢?你可真抬举她!"

"行行，我老眼昏花。说真的，我们不来，你打算藏到什么时候啊?"

"爸妈，你们干吗这么针对她呀，她够可怜的了。"

"她可怜!她怎么可怜了?我看她长得倒挺可怜，弱不禁风的。"

"妈，她被退学了，还不够可怜?"

"那学校为什么不让别人退学?肯定是自己有问题!"

"妈!有点儿同情心好不好。"

"儿子啊，同情不能当饭吃。你能同情她一辈子吗?"

"我看你对那女孩儿也不是什么爱情，就是同情心作祟。谁让咱儿子善良呢!但你眼下当务之急是顺利完成学业，孰轻孰重你自己要清楚。感情的事先放放。"

"不是放放!而是彻底放下!儿子，妈不喜欢那个女孩!太没有教养了，仗着有张漂亮脸蛋就了不起吗!今天你在电话里都听见了，敢对你妈这样，真要娶回家还不翻了天啊!"

"妈这你可说远了，我压根也没往结婚上想。"

"玩儿玩儿行，该收手时就收手。"

"知道了妈，你们别说她不好了。

"妈再说最后一句，她今天可当着我的面说和你不再有关系。"

"明白了，我不和她联系了。"

“这才是我的聪明儿子。”

大一上半学期的期末汇报演出已经落下帷幕。巴叶子的父母和英伦的父母及在场的所有观众送上了热烈的掌声，安然手捧大束鲜花第一个走上舞台送给巴叶子。火星也为师妹尔文送上了礼物。散场后，英伦父母请英伦和肖章吃了大餐，庆祝他们的完美配合。

巴叶子回寝室收拾好行囊，陪同父母在旅店住下。这预示着寒假到来了。

“小清，今天送你花的那个人是谁呀？”

“一个师哥。”

“对你挺好哈。”

“妈，你别多想了。”

“妈怎么能不多想，他又不是送别人花。”

“他就是那样的人，今天送这个，明天送那个。我都烦透了。”

“他是不是追求你呀？”

“好像是吧。”

“这孩子，那是不是你还不知道吗？”

“哎呀，是！”

“小清啊，其实妈不图别的，你要是能谈一个好对象，毕业后嫁个好人家，平平稳稳过一生，妈就知足了。”

“妈，怎么那么没出息呀！”

“妈像你这么大的时候，也和你一样，心气高、理想远，到头来还是没能实现。但现在和你爸的日子不是照样过得挺好。”

“妈，我们已经不是一个年代的人。”

“妈说的都是心里话，都是为你好。妈也不求你大富大贵，只要你健康平安，就比什么都好。”

“我的大学不能白上，我有我的想法。我恳请你不要以为我好的名义扼杀我的未来。”

“妈不说了，你现在还小。”

“我已经不小了，都 18 岁了！”

巴叶子父母面面相觑，啼笑皆非。

秋婉赤裸着身体拉着被子坐起来，和男人并排靠在床头。男人大汗淋漓，意犹未尽。这个自称飞哥的中年男人下午刚刚从北京乘班机到海口。

“你这么好的条件，怎么做这个？”

“挣钱快。”

“像你这么大年纪的姑娘大多数还在上学，你倒想挣钱。”

“我也上过学，不过现在不上了。”

“学什么？”

“表演。”

“你是学表演的？你不替自己感到可惜吗？”

“我当然心有不甘，那是我的梦。”

“那你现在可以为遇见我而感到幸运。”

“你是谁？”

“我们正在筹备一部电影，全部想用新人出演。我是制片人。”

“你的意思是，我有机会？”

“不仅有机会，你要是表现好的话，女一就是你。”

“我需要做什么？”

“陪在我身边。”

“你有妻子么？”

“我单身，不结婚，也不养女人。”

飞哥点燃了一根烟，放到秋婉嘴边。

“我不会抽烟。”

秋婉抽不惯 Marlboro 以外的烟。她接过飞哥的烟，刚吸了一口就被呛得直咳嗽。

“竟然不会抽烟。”

飞哥把烟接了过去，笑秋婉。

他自己吸了一口烟，扳过秋婉的脸渡到她的嘴里。秋婉的整个口腔都是香烟和他的味道。

接着，他打开床头的抽屉，从里面拿出一个乳白色半透明的药盒。药盒上没有说明，里面装着白色的药片。

“这是什么？”

秋婉心里敲起警钟，有些警惕地盯着那个药盒。飞哥在秋婉头顶笑了一声。

“别怕，一两次不会上瘾，不过刚开始你可能不习惯。”

飞哥把白色的药片送到秋婉嘴边，就像递那根烟一样。

如果秋婉当时再多思考三十秒，她一定会拒绝。可是她只想了三秒，就张开嘴含住了。

飞哥非常满意，拿起桌子上的水杯，自己也含了一个药片，喝了一口水，然后吻住秋婉。

水和药片一起滑进秋婉的肚子里，水顺着他们的嘴角流下来，一直淌到秋婉的胸口上。不一会儿的工夫，药效就上来了，秋婉没有感到兴奋，也不觉得嗨。她浑身冒汗，心跳得很快，就像要跳出来一样。她还有些恶心，好像整个世界都在头顶上转。秋婉害怕了，害怕极了。

“你给我吃了什么？我难受死了。”

“别怕，一会儿就好。宝贝，你要陪着我，你必须得陪着我……”

飞哥也喘得很厉害，喷在秋婉脸上的呼吸又热又烫。

秋婉怎么也不会想到，飞哥竟然有嗑药的习惯。

她渐渐糊涂了，脑子里反反复复就一句话：我得陪着他，我得陪着他……

因为这句话，让秋婉忽然觉得一切都无所谓了。不是因为钱，也不是因为滥情，而是在自己最绝望的时候，这个人给了她一丝希望。

秋婉难受了好一会儿，慢慢的，她感觉自己整个人都飘起来了。她开始什么都不想、什么都不在乎、什么都不关心，就像坐在云端一样，眼前是一片片五颜六色的彩霞。

飞哥紧紧地搂着秋婉。他们好像骑在一匹疯跑的马上，整个世界都疯了、不正常了。他们没有节制地疯狂做爱，一起胡言乱语，说了很多不堪入耳的话。秋婉竟然一点都不觉得丢人，也不觉得受了侮辱。第二天，两个人都没起来，七歪八扭地躺在床上，一直睡到下午。

秋婉睡醒的时候，看到飞哥的手压在自己的脖子上，她的腿横在他的肚子上。她摸了摸飞哥肩膀上那个鲜红的牙印，深极了。秋婉几乎不敢相信，这是她咬的。

“真美，小妞！”

飞哥醒了，按住秋婉的手，趴在她身上，含含糊糊地看着她。

他们没有再做爱，飞哥的钟点工准时来收拾了屋子。他接了一个电话，关于晚上的饭局。

“你去辞职吧，年后跟我回北京。”

“那我今晚……”

“来我这儿住。”

秋婉在浴室里洗干净自己，穿好衣服，离开了飞哥的别墅。

第二十七章 DIERSHIQIZHANG

秋婉回到自己的家中，找出避孕药，吃了药就倒在床上睡着了。她已经一天多都没有吃东西了，可是她丝毫都不觉得饿，只是想睡觉。这一觉醒来，已经是晚上 12 点了。

秋婉做了一个梦，梦到他跟自己笑，梦到他吻自己，梦到他跟自己缠绵，梦到他对自己说："我可爱的大小姐。"她记不住他的脸，她分不清那个人是火星还是肖章。她从梦中惊醒，屋子是空的，枕头是湿的。秋婉看了眼手机，飞哥并没有联系过自己。她不得不承认，昨天晚上发生的事情对自己影响很大。都说"婊子无情，戏子无义"，可秋婉只是一个 20 岁不到的女孩子。她不是机器，她没有办法在经历了那样的夜晚后，却当做什么都没发生过。

秋婉忽然感到孤寂。秋冬的海南虽然没有北京的萧瑟，没有满地的梧桐，也没有飘落的银杏，但她的心却是空落落的，如那偶尔掉落的枯萎的椰子。

秋婉站在镜子前，一点一点地整理自己的情绪。她告诉自己，要安分、要知足，不要去奢求不属于自己的东西。不能贪得无厌，不能什么都想要。要记住，他是什么人，自己是什么人。没有人会认真。诺言只是情欲和黑夜催生出来的泡沫，天一亮就消失了。她心里反复重复着这些话，似乎感觉自己平静了许多。

电话突然响起。

"在哪儿？"

"家。"

"辞职了吗？"

"还没，今天太困了。"

"来我家吧，地址知道吧？"

"嗯。"

飞哥的一个召唤，让秋婉像送快餐似的，再次将自己打包送上门。

秋婉到的时候，飞哥正在洗澡。秋婉换好从家里带来的睡裙，听到飞哥说浴液用完了，就在门口给他递了一瓶。飞哥直接把秋婉和浴液一块儿拽了进去。

秋婉的睡裙被打湿了，真丝的睡裙，飞哥用手"刺啦"一声就扯成了两半。她被他压在玻璃门上，又被他按在浴室的地砖上，最后被他扔到床上。

秋婉趴在床上，激情过后是无助的空虚。身子是空的，脑袋是空的，心也是空的。她双腿麻木至极。她越想越觉得难过，一种行至末路的难过，好像看到了一个结局一样。

“昨天说的钱……”

“你人都是我的了，还怕缺钱么？”

飞哥从皮包里拿出一张银行卡，飞给秋婉。秋婉感受到了一种力量，一种强烈的控制和占有的力量。飞哥是那种对钱权上瘾的人，就像他对性爱一样，有点嗜痂成癖。

“你昨天不是说你不养女人吗？”

“可我现在想养了。我不管你过去怎么样，从今往后，你只能跟我一个人睡。我也绝对不会让别人再睡你，我说的你明白吧？”

“你是我第四个客人。”

“就你那技术，差劲透了。”

“那你还找我？”

“最初只是觉得你好玩儿，明明眼睛里烦我烦得很，还不敢不伺候我。圈子里的女人都喜欢装，装聪明、装纯真、装清高，都把男人当傻×！以为耍点儿小聪明，使点儿幺蛾子，就能把手伸进男人的钱包里。我发现你跟她们不太一样。你不装，你的所有反应都真实得像个小孩儿。你也喜欢钱，可你不贪心。你害怕我，也不想靠我撑腰。所以，我就是想把你扒开看看，看看你到底是真傻，还是比她们伪装得都好。”

飞哥走到床边，捏起秋婉的下巴，在她脸上亲了一口。

“现在我发现，你是真傻！”

“你这是在夸我，还是骂我？”

“你让我觉得心疼。”

“你就不怕被记者或是其他人看到，把咱们俩曝光吗？”

“谁闲得没事成天盯着我？再说谁敢曝？你以为我是那种土大款、傻×二世祖？由着他们写？记者没领导吗？你还真当他们是无冕之王？”

飞哥的嗤之以鼻让秋婉没动静了。他搂着秋婉，兴致勃勃地躺在床上和她聊天，聊娱乐圈的明星，聊圈子里的男女关系。

“有些女明星看着风光，其实还不如小姐干净，越是大牌越是如此。平时装得跟什么似的，遇见个有权有势的，衣服脱得比谁都快。”

飞哥那种不屑的语气特别像一个愤青，不过他不在乎。他看不上那些人在他面前的奴才相，但他懂得如何利用她们。他懂得利用自己的身份，成就自己的事业。

“你已经有自己的事业了。”

“傻妞，你懂什么？我还不够成功，我要更成功，比谁都成功。”

飞哥乐了，翻身压在秋婉身上。或许，飞哥这样的人会让女人感觉到刺激，但是从另一角度来说，他也是一个招人恨的混蛋。秋婉好像进入到了一张网中，梦想、金钱、锦衣玉食的生活交织在一起，最终统统归于欲望。它们在向她招手，在诱惑着她。

第二天一早，秋婉去场子辞了职。

“小池，等我有了足够的钱，就在北京买一套自己的房子，还要那种不限购的！到时候，我要把你接过来一起住，你是我最好的朋友。”

“真的好为你感到开心，终于可以实现自己的梦想。加油！不要忘了我。”

新年的钟声已经敲响，少了妈妈的家里失去了往年的喜庆氛围。秋婉还不喜欢和从小就没有什么感情的奶奶爷爷相处，这对她来说是一种煎熬，也会使她更加思念两年前因病过世的姥姥姥爷。

飞哥利用过年的时间陪伴家人，秋婉每天数着时间度日如年。盼星星盼月亮，终于盼到了正月十六。秋婉临出发时在家里留下一张字条：不要找我，我可以赚钱养活自己。

令人唏嘘的是，秋婉的爸爸果然没有给秋婉拨去一个电话。

秋婉想不到，自己会以这样的形式重回首都。她不用再在场子上班，飞哥日夜忙着应酬。她轻松了，人也空虚了。

在家闲得无所事事的时候，秋婉就把自己的存折找出来，看着上面的数字。她发现，这几个月收入的钱比在场子里那段时间赚的要多得多。她一个人去蓝港和世贸天阶闲逛。那些年轻漂亮、兜里又没什么钱的女孩儿，让秋婉越看越羡慕。她看够了城市的繁忙和人来人往。到了晚上，她又去工体的酒吧坐了坐。她一个人坐在酒吧里，看着四周一对对亲密的情侣，觉得无比孤单。偶尔也有单身男士跟秋婉搭讪，请她喝酒，但是基本上没有下文。一夜情，秋婉真的不怎么待见，也因为她脑海里总能出现飞哥的那句话：给我老老实实的，我能捧着你，就能踩死你。

怀疑、否定、阴郁、压抑，这些负面情绪每隔一段时间就会来与秋婉纠缠。她挣不脱，也跑不掉，唯有与之对抗。她一直企图让自己的生活变得更好，但更多的时候她都是被生活当猴儿耍。可为了心中的那个梦，她还是得将这个从一开始就不公平的游戏玩儿下去。如果有一天她不想玩儿了，那就是真的玩儿完了。

“记着给自己买件漂亮的睡衣。你要是天天这么送我，我就走不出去了。”飞哥捏了捏秋婉的脸，继续吩咐。

“晚上我要是不回来，就自己睡。记着吃饭，外卖餐卡在抽屉里。”

“好，记住了，我在家等着你。”

“来。”

飞哥挺高兴，把脸凑过来，秋婉搂着他的脖子，亲了他一下。

秋婉觉得自己好像被什么东西困住了，它在一点点吞噬自己。这段时间，她每天除了逛街、回忆、思念，就是等待。等待飞哥诺言的兑现，等待他把她从糜烂的生活中解救出来。

第二天晚上，飞哥醉醺醺地回到家，身上带着别的女人的香水味。

秋婉伺候他脱衣服，陪他洗澡，跟他做爱。她没有问，她感到失落。她觉得伤心，心疼得像裂开一样。可是她不敢哭，因为她不能让他知道她学会了嫉妒。她开始变得贪心，她希望他只属于她一个人。但是秋婉心里清楚，他永远不会是自己的，而自己的身子却属于他。这不公平，但是，这就跟以前在场子里一样。她没有资格跟他要公平，除了静观其变，她别无选择。

“要不要喝杯茶？我昨天刚买的。”

“好，来一杯。”

飞哥双臂一伸靠在沙发背上，用手揉着太阳穴，不容置疑，高高在上。

秋婉倒了一杯茶给他，他喝了一口，点点头。

“还成……”

秋婉坐在他旁边，像个小丫鬟似的给他递茶水，揉太阳穴。

“有进展吗？”

“剧本还需要大幅度调整，不出意料的话，九月份开机。”

还有六个月，很快、很快，好好表现，不要出任何差错。秋婉不断告诉自己。

时间如白驹过隙，转瞬即逝。飞哥的电影在紧锣密鼓地筹备着。英伦和父母正计划着一场暑期旅行。她想过去斐济，想过去毛里求斯，却被一个师姐的博客吸引了。她决定去马尔代夫，原因很简单，那里是许多年轻女孩子向往的世外桃源。

锁定目的地后，英伦开始看机票订酒店。马尔代夫一共有 80 多个岛，都是一岛一酒店的形式。英伦看花了眼。是住沙滩房，还是水上屋？是要露天私人浴室，还是室内的大浴缸？是古朴的房间，还是豪华的房间？当英伦出现选择障碍的时候，她一向的决定都是，不求最好但求最贵。最终，一家三口对选择奢华七星岛达成一致，身未动，心就已经结伴飞到了印度洋上空。

第二十八章 DIERSHIBAZHANG

火星顺利考入了国家级院团，正式宣告大学毕业。每天排练、定期演出的生活，使他忙碌并快乐着。

这一天，刚开始大二生活不久的尔文接到了一个似乎“可以改变命运”的电话。

“你好，是尔文吗？”

“是的。”

“我这里是院线电影《谁上了我的大学》剧组。我们收到了你发来的简历，觉得有一个角色很适合你。你现在方不方便过来试一下戏？”

“方便，方便！”

尔文利用午休的时间，经过一番悉心打扮，再拿出假期时买的空病假条匆匆填上，到文化课老师那里请了假。

“我们这个戏要拍半年左右的时间，你档期上没有问题吧？”

“啊！这么久！不过没问题，我回去和学校请假。”

“但是片酬上，可能不是很多，因为你毕竟是新人。我们的钱都投在制作里了。”

“没关系的，我能够有幸出演已经很开心了。想问一下咱们这个戏的女一是谁？”

“也是个新人，她的角色你就不要考虑了。没什么问题的话，我们就把合同签了吧。”

“嗯嗯，好的！”

尔文觉得自己很幸运。第一次投简历就中标，还是个女二号。她一路哼着小曲回到了学校。

“尔文，你怎么能不经过学校的允许就擅自做主呢？”

“对不起老师，我不应该先斩后奏。”

“你不是对不起我，你现在刚大二，不可以在外接戏！”

“老师，您不是说实践大于理论嘛。”

“那也得等你毕了业呀！你说你们要是假期接接戏也就算了，这还上着学呢。你耽误的是学业，一请就是半年的假，我是一个月都不会放的！”

“可是老师，我都已经签合同了。”

“什么？你这孩子怎么这么糊涂啊！你想成名想疯了是不是？你知不知道现在外面骗子有多少！”

“老师，他们真的不是骗子！我是看见师哥在网上发的见组信息，才……”

“不行！尔文，我第一个不同意！你去给剧组打电话，就说我说的！”

“老师，要怎样您才能同意呀？我求求您啦，老师！”

“除非你不是这个学校的学生，那我管不了你。你现在是个学生，你就应该听学校的话知道吗？挺成熟个孩子不能连这点道理都不懂，是不是？”

尔文觉得好好的一个机会让老师给搅黄了。自己又再说不出什么，只能打碎了牙齿往肚里咽。其实，她知道老师不会同意，但是刚才也不知道哪来的勇气就那么做了。

“你好，我是尔文，我没有请下来假，可能……拍不了了。为此我深感抱歉。”

“当时问你档期，你说没有问题，不能出尔反尔啊！”

“我想我还是应该先以学业为重，不应该这么急功近利。”

“不能你想什么就是什么吧？姑娘，你别忘了，我们已经签过合同。违约金的数额你是知道的。”

“可是现在学校不同意呀，除非……”

“除非什么？”

“除非我不是学生了，可这怎么可能啊！”

“没有什么不可能，看你想要什么了！其实你内心还是希望施展才华的，不然你为什么会投简历？只要这个戏拍完，你就能火了，你就是明星了！那学业对你还重要吗？你们到最后不还是得走这条路吗？不过是早走晚走的事！”

面对高额的违约金和梦寐以求的理想，尔文心动了。她徘徊着，她的心在剧烈地斗争着。是继续完成学业，还是就此放弃？

如果选择了放弃，眼前就少了许多压力，也少了许多未知。可这样放弃对吗？这是自己一生都想从事的职业，如果是真心热爱，纵使千里奔赴又如何？一个人一旦失去了追梦的勇气，岂不是失去了理想和追求？失去了人格和自我？失去了竞争和斗志？尔文似乎得到了答案……

“我拍。”

尔文带着万般不舍，再次走进了办公室。

“老师……”

“说完了？”

“老师，我申请退学。”

“你疯了！尔文我看你是疯了！”

“老师，我想明白了。我真的不想错过这次机会，我一定要成名！”

“尔文，你心态不对！”

“我要让我的大学以我为荣！”

“你抛弃你的大学，它会以你为荣么？”

“老师，我要用行动证明，等我成名的那一天……”

“尔文，我一直以为你是个聪明孩子……”

老师欲说还休，只留下一声轻叹。

尔文退学了，她成功地说服了自己开明的父母。他们认为，尔文的一切决定都是值得尊重的。他们出钱为尔文在三里屯租了间公寓，租金高达每月两万八。

离电影的开机仪式还有一周不到时间，善于社交的尔文决定在自己家里举办一次酒水局，请剧组同仁到大房子里来聚一聚，关系熟了自然好合作。女二办 party，这一来就是二十几号人。

“尔文？”

飞哥敲开了尔文家的门。

“秋婉？怎么会这么巧？”

“是啊，真没有想到会在这里见到你，原来你就是女二号。”

“你们认识？”

“她是我同学。”秋婉和尔文一同说道。

“不过我现在不是学生了。”二人再次异口同声。

“你也？”

“嗯，我也退学了。”

“啊？为什么啊？”

“为了我们这个戏。”

“你总是这么有魄力。”

“只是不太想接受大学的监狱式管理。有梦不能追，与让我坐牢没什么区别。”

“只有我们才是真正上了大学，他们都是被大学‘上’了。”

“见到你真太开心了！”

“我也是！”

大房子里人声鼎沸、欢声笑语、三五成群。尔文忙前忙后尽着地主之谊。有人在添酒，有人说少喝点，有笑的眼，有红的脸。当全场嗨到最高点，敲门声再次响起。

“我们是市公安局的，经朝阳群众举报，你们这里涉嫌聚众吸毒，请配合调查！”

二十几号人全部被警方带走。包括飞哥、秋婉、导演在内的十几人均交代吸食了冰毒，尿检呈苯丙胺类阳性。

“我说瞧着怎么这么面熟，你就是去年报警的那个小姑娘吧？”

“嗯。”

“不到一年时间见着你两次……这次事情可有点严重啊！”

第二天凌晨，北京市公安局官方网站就爆出警方在朝阳区某小区查获涉毒人员十余名的消息。

北京市朝阳法院随后对尔文做出宣判：容留他人吸毒罪名成立，根据《刑法》第354条规定，判处1年有期徒刑，并处罚金两千元。对飞哥、秋婉等人行政拘留15天。飞哥因被鉴定出吸毒成瘾，后被判强制戒毒两年。

第二十九章 DIERSHIJIUZHANG

生活总是有那么多的莫名其妙，你都不知道会在哪一次睡觉时小拇指就莫名其妙地折了。

这件事对尔文来说是一场痛心疾首的劫难。她掉入了一个让人万劫不复的深渊，悔不当初，可这世界上没有后悔药可吃。在厚厚的高墙里，充满着压抑，每日三餐只能以白菜和馒头充饥。尔文被收押时，和其他在押人员一样，啃馒头、睡大通铺。除了吃饭睡觉，这世上哪儿有什么轻而易举的事情。现在的尔文，连好好吃饭睡觉都不容易了。

尔文曾经以为自己很了解自己，清楚知道自己想要的是什么，想拥有什么样的人生。在几平方米的自由里，她开始怀疑自己，怀疑人生。她不停地去否定每一个答案，为自己冲动的决定感到羞愧、后悔。她似乎忘记了自己是怎么走到这一步的，也不知道自己残留的热血与勇气能否支撑着她熬过漫长的时间。她只希望自己身体里的热血不要被无情的岁月全部抽走。

英伦对比着校园网中的两张合影：去年走了一个秋婉，今年走了一个尔文。照片里的人由四个变成三个，明年将只有两个……往日的欢声笑语在英伦脑海中回荡，岁月好似流沙，来不及散伙席筵，举手话别。

梦想让人清醒，欲望让人沉迷；梦想会慢慢冷却，欲望会慢慢燃烧。这个世界上，很多人连自己想要什么都不清楚，却又总是拼命地想证明自己。

一直以来，尔文都觉得自己是一个很独立、很坚强、很上进、不服输的人。对于梦想，她有足够的韧性和冲劲，不会被风雨打倒。但是，当她分辨出梦想的真伪后，才惊觉当初的她是那么浅薄。

因表现良好，尔文入狱半年后恢复了自由身。出狱后，她广交朋友，搭建关系，又因自身出色，不久就签了一家不错的公司。她不再做漫无边际的明星梦，经历了风雨的尔文，名气随着影视作品的推出渐渐增长，反而很快跻身明星之列。

如果在大学，谈恋爱是一门必修课，那么巴叶子必定挂科了，而挂科的原因是她学习太努力。

巴叶子在毕业大戏演出的前一天突发高烧，在英伦的陪同下去了医院。经诊断，她患上了肺结核，需长期住院治疗。这意味着，巴叶子将与自己在校的最后演出机会失之交臂。

父母过一个星期就要来看她的毕业演出，巴叶子苦恼极了。

她不希望让家人知道自己得了病，可攒下的一点儿生活费担负不起昂贵的治疗费用。就在巴叶子一筹莫展的时候，安然像及时雨一样出现在她面前。原来，是英伦背着巴叶子偷偷给安然打了电话。

安然让巴叶子安心住院，一切的费用都由他来承担。为了不给家里带来困扰，巴叶子只能逼不得已地接受了。她和安然说好，这笔钱就当作是问他借的，等毕业挣到钱就还给他。

巴叶子编造了一个善意的谎言。在班里演出进行到第五场的那天晚上，她给妈妈打去了电话，称演出由原定的演十场变更为演五场，最后一场在今晚已经结束。妈妈为没能看上巴叶子的毕业演出而抱憾，巴叶子又何尝不引以为憾呢？

继秋婉之后，四年里，肖章再没有喜欢过任何一个女孩。他铆足劲儿求师学艺，成了“一根筋”。

大学最后几个月的时间里，同学们都忙碌地进行着投简历、实习、考团、写毕业论文等一系列工作。

公车上，巴叶子正被站在自己身边的一位65岁左右的老爷子指着鼻子骂畜生。其理由是，自己和几位老爷子一起上车后，其他老爷子都一一被让座，当他走向巴叶子时，巴叶子竟然无动于衷，还把眼睛闭上了。

老人的话愈加不堪入耳，巴叶子快被骂哭了，但是又不敢骂回去。她只得忍着姨妈痛提前下了车，蹲在地上等了许久，再换乘上另一辆公交车。

巴叶子多么想坐辆出租车睡上一路，睁开眼睛就是目的地。可她没有那么做，只是为了能够省点儿路费。

这天上午，巴叶子接到面试通知。她独自来到了这家叫“华梦星光”的公司。公司的办公地点在大兴星光影视园内，距离市区有很远的路。

一位姓黄的副导演面试巴叶子后，带巴叶子在影视园内参观了一番。副导演告诉她，如果和他“潜规则”，就可以得到更大的角色、拿到更多的钱。巴叶子当场拒绝，但副导演仍然答应与巴叶子签约，做一名跟组演员。

在公司里，副导演和公司负责人尹女士一起，与巴叶子签了合同。合同中约定月工资为 4500 元。

签约完成后，副导演又对巴叶子提出了献身的要求，并许诺会有大角色。巴叶子再次拒绝。

副导演告诉她，这一行都要给总导演送礼，并向巴叶子要了 3400 元，说是要“买烟酒送礼”。

就当第一个月少挣点儿，自己毕竟得到了拍戏的机会。巴叶子通过支付宝转账的形式，将自己攒下的生活费给了副导演。

随后，巴叶子被副导演驾车带到了所谓的剧组驻地，丰台区小云朵村的一个平房院里。在那里，等待巴叶子的是另一位姓黄的副导演。见面之后，这位黄副导演对巴叶子也提了两个要求：第一，交 600 元钱，办出入证；第二，“潜规则”。

巴叶子交了钱，但拒绝了“潜规则”。

住进了小院，巴叶子却并没有得到演戏的机会。

七天后，巴叶子被拉到一个小公司，被要求做上网发帖招聘的工作，与演戏毫无关系。巴叶子终于明白，自己可能被骗了。她打算讨回自己的钱，却屡次遭到这家公司的威胁。

十三天的时间，巴叶子交了4000元钱，三次被要求“潜规则”，却没得到一场戏的机会。

在那个平房院里，和巴叶子情况相似的还有两个年轻男演员和四个年轻女演员。大家交流时才知道，每个人都交了一千多元到一万多元不等的“送礼费”。并且，每个年轻女演员都被要求过“潜规则”，是否有女演员答应，巴叶子就不得而知了。

巴叶子报警了。由于签的合同都被公司扣着，自己手中没有任何的证据，在北京举目无亲的巴叶子，觉得自己的钱很可能要不回来了。

记者查阅北京企业信用信息网，可以查到“华梦星光”在大兴工商登记注册，法定代表人就是尹女士。但工商部门到星光影视园调查后，仍以无果而告终。

实际上，几年来，巴叶子已经多次被到学校选演员的正式剧组相中，但却遭到老师的回绝。老师对剧组人员称，巴叶子是班里的重点培养对象，不希望她耽误学业过早踏足影视圈。老师对巴叶子说，只要踏踏实实，以后好机会多得是。

所谓人红是非多，借机上位、整容质疑、黑历史被扒……尔文自然也逃不过躲不掉这些。在一次麻将局上，她被媒体拍到和某位儿女双全的歌星共处一室，无辜就成了人家的“小三”。此次事件一出，在娱乐圈里掀起了一阵不小的风波，同时引来了网络上一片谩骂声。

世事纷扰，真假难辨，网络的发达让人们自以为自己知道了真相，却不知道那多是不良媒体制造的假象。于是每个人都变成了私家侦探和段子高手，各种的猜测揣摩、调侃取乐。一夜之间大家都站在了道德的制高点上，随意嬉笑怒骂。一件生活小事变成了一场全民狂欢，真相被掩没在众人的口水里，即使找到了，也是一身的肮脏不堪。大多数观众更喜欢看到的明星们的好戏，不是荧幕前的演技，而是卸下妆容后生活里的故事。可大众对名人的态度永远都是墙头草。前一秒万人吹捧、前呼后拥；后一秒万人唾骂、冷嘲热讽。喜欢的时候是男神女神，厌恶的时候是人渣婊子。其实人还是那个人，他们从不完美。只是大众对名人总有着戒不掉的心理洁癖，再加上无耻的媒体煽风点火，毁和誉只在一面之词，一念之间。

因舆论带来的伤害，尔文沉寂了好一段时间。闭关沉淀后的她，似乎再一次得到了重生与蜕变。既然已经走在这条路上，就应该放下心中的疑惑与彷徨，毕竟一路跋涉实属不易。最终，尔文公司胜诉，事件以媒体道歉而平息。

第三十章 DISANSHIZHANG

对于安然的追求，巴叶子拒绝了四年。但这一次，她大方接受了安然的邀约。金色的泰式旋转餐厅里，两个人面对面坐着。

“你考虑好了吗？到底要不要做我的女朋友？”

“为什么是我？学校里漂亮女生那么多，你为什么偏偏缠着我不放？”

“因为我有你需要的东西。”

“我需要什么？”

“你需要钱。”

“马上就毕业，我很快就可以自己挣钱了。”

“挣到钱之前你住哪儿？”

“还住学校。”

“你觉得你前脚离开学校，后脚马上就能赚到钱？赚不到钱，这中间你做‘北漂’，还是睡马路？”

巴叶子没有作声。

“凭你一个人单打独斗，很难。”安然不断地打压着巴叶子。

“你什么意思？”

“如果你选择和我在一起，我可以负担你所有的生活费，你也不需要租房子。你想让你的家人再为你付房租吗？”

“好。”

“这就对了。”

“还有件事，我父母要来参加我的毕业典礼。”

“那你就快点搬过来吧，到时候可以让他们一起住。”

“好。”

夏天是告别的季节，和过去的人和事告别，和从前的自己告别。为了留在这个城市坚守梦想，为了不给家人造成压力，巴叶子妥协了。她搬到了安然家里，她从小到大第一次见这么大的房子。气派的大门、挑高的门厅，明亮如镜子的大理石瓷砖，华丽的水晶垂钻吊灯，尽显雍容华贵，让巴叶子心神荡漾。

毕业典礼的日子即将到来，晚餐过后，巴叶子底气十足地拨通了家里的电话。

“妈，你和爸哪天来北京？”

“你毕业的前一天吧。”

“那就是5号，妈，我谈男朋友了。”

“真的吗？是以前给你送花的那个人吗？”

“是。”

“挺好，挺好，看着挺稳重。他多大了？”

“比我大 17 岁。”

“他都这么大了呀！他怎么这么大了还在上学呀？”

“他是来进修的。”

“哦哦，大点也行，会照顾人。他没有家室吧，你弄清楚了？”

“至今单身，他把户口本给我看了。”

“他还挺有意思的，他叫什么名字？”

“安然。”

“他是做什么的呀？”

“我问了，他是白手起家，现在自己经营很多生意。你们这次来就不用在外面住了。他是北京人，有房子。”

“看你多有福气，有这么个人在你身边，妈就放心了。”

“那就这么定了，来了直接住家里。”

“人家会同意吗？不麻烦吗？”

“是他说的，放心吧。”

“那先替妈谢谢人家。”

安然的经济实力不可小觑，这似乎成了巴叶子的“救命稻草”。

“毕业后我该怎么落户口？”

“那都是花钱办的，你和我结婚，一切不就都解决了吗？你既有了北京户口，又能扎根儿在这个城市。我省下给你买户口的钱给你家人在老家买套房子不是更划算么？”

“才刚在一起，现在怎么又想结婚了？”

“或许你父母比我还希望你马上嫁给我。”

在巴叶子父母来后的再三鼓励下，巴叶子和安然在她毕业典礼的第二天去民政局领了证。

巴叶子没有经历过缠绵悱恻、伤心断肠的爱情，年纪轻轻就嫁给了“绩优股”。但鞋合不合脚，只有自己知道。

婆婆还没有见过未曾谋面的儿媳妇，决定来安然家住上一段，说家里半身不遂的老头子急着抱孙子。安然告诉她妈，巴叶子还需要时间。可婆婆并没有明白安然的意思。

婆婆将切好的肉丁聚成一堆放到碗里，打开水龙头，把菜板伸过去在清水里冲了一下，接着在菜板上切起西红柿来。

“妈，这个菜板刚才用来切肉了吧？”

“不用那么多讲究了，反正都要加热的。”

这个理由听起来似乎成立，但确实算不上什么道理。巴叶子没有继续作出回应，只觉得被狠狠地噎了一下。

饭后，婆婆习惯性地拿起兑了水的洗洁精，三下五除二地刷洗了餐具。巴叶子看着厨房里一片狼藉，很是无奈。

“妈，我来吧。”

“我都快刷完了你才说。”

“我刚才在擦桌子，没看见。”

“行了，别马后炮了！”

婆婆是皇城根儿下土生土长的花甲老太太，除了嘴碎点、尖酸刻薄点，切肉切菜永远用一个菜板，洗澡之后从不把卫生间里的水拖干净，用完的浴池里总有头发，对衣物的摆放喜欢指手画脚、挑三拣四之外，没什么大毛病。

巴叶子承担起了家里的大部分家务。她白天跑组，晚上买菜做饭洗衣服。

婆婆不喜欢巴叶子往家买鲜花，嫌中看不中用；不喜欢巴叶子只吃菜不吃肉，嫌她挑肥拣瘦。饭后，她还拉着巴叶子陪自己下楼去跳广场舞。巴叶子心里很烦，却只能委曲求全。

“师妹，拍戏了吗？”

“还没有呢，师姐。”

“今晚有时间吗？我的一个姐姐找我吃饭，我带你一起去吧。她有很多这个圈子里的朋友，可以介绍你认识认识，以后万一有拍戏的机会呢？”

“好的，师姐，我有时间。”

“太好了，穿得漂亮点哦，美美的。”

信息是和火星一届的欧阳希发来的，在当时的那种心情下，巴叶子果断答应了。

到了晚上，欧阳希让巴叶子先去她家找她，说到时候会有车来接她们。

师姐强调让自己美美的，那就乖乖听话吧，巴叶子颠覆了自己一贯的形象。她身着大红连衣裙，嘴涂鲜艳口红，还特意给头发烫了几个大弯，怎么看怎么像个“小媳妇”。

“呦喂，这是要干吗去啊？”

“妈，我晚上有点儿事，就不能在家做饭了。”

“你把自己捯饬成这样儿，大晚上要去见谁啊？”

安然听到婆媳俩的对话后立即停下手头的游戏，箭步跃到巴叶子面前，扯了一下她的裙子。

“欧阳希师姐找我。”

“手机给我看看。”

安然伸出一只手，等着巴叶子交出自己的手机。巴叶子对安然的要求充满排斥，她没有理会。

婆婆见此情景不高兴了，脸一下子拉长到了下巴。

“他和你说话呢！听没听见啊？”

巴叶子觉得婆婆不可理喻，但仍然保持着一张“理智脸”。

“妈！”

安然示意她妈到一边去，不要管了。巴叶子不想把关系闹僵，纵然心里有一万个不情愿，最终还是把手机给了安然。

既然是欧阳希找巴叶子，又是个女生局，安然表示举双手支持。

“需不需要我送你？”

“你不能送她，我马上要做饭了，你让我一个人吃啊！”

“你陪咱妈吃饭吧，我一个人可以的。妈，我先走啦。”

巴叶子态度谦和，带上安然给她的路费离开了家。

第三十一章 DISANSHIYIZHANG

巴叶子到达欧阳希家的时候，欧阳希正翻箱倒柜地找一条超短裙，妆面十分魅惑。这是一个从骨子里散发着妖娆的姑娘。

接她们的车是一辆奔驰 S500，和安然的车一模一样。巴叶子一瞬间还以为是安然来了。开车的是司机，至于车的主人是谁，欧阳希也不清楚，只知道是 cc 姐派来接她们的。车子驶出五环后，进入了一个高级别墅区，院子里兜兜转转几圈后，在一家私人会所门口停下。

巴叶子跟着欧阳希下了车，好奇地端详着眼前洋气的小楼。欧阳希一边拨着 cc 姐的电话，一边带巴叶子往会所里面走。走了不到二十米，cc 姐就从一个宴会厅里迎了出来。

“你们来啦。”

“叶子，这是曹总。”

“曹总你好。”

“你好美女，叫我 cc 姐就行。”

一番寒暄过后，巴叶子得知，这个被欧阳希称为曹总的女人，是某位亿万富商的私人助手。她脚踩细高跟，身着黑短裙、白衬衫，脖子上系着经典款爱马仕丝巾，气质装束堪比白领丽人。

宴会厅里还坐着几个女孩儿，也都是 cc 姐叫来的。欧阳希对巴叶子说，cc 姐是一个绝对的女强人，让巴叶子学一学她的为人处世，对自己的事业有好处。cc 姐告诉欧阳希和巴叶子，那个富商已经在来的路上，并且今天还有很多大老板会到场。让她们抓住机会，好好聊聊，不能白来。

巴叶子单纯，听不出来 cc 姐的言外之意，只是忽闪着一双“熊猫眼”冲她微笑。

“她是你师妹吗？”

“嗯，可爱吧？”

cc 姐点了点头，上下打量了一下巴叶子。

“你多大了美女？”

“23 岁。”

“多好的年纪。”

这边正说着话，那边几个财大气粗的老爷们儿就腆胸叠肚地走进了宴会厅，屋子里一时间变得是铜臭熏天。

cc 姐为欧阳希和巴叶子一一介绍来客。人陆陆续续到齐了，cc 姐便安排他们入座。原本说的三个人的小型晚餐，突然变成了一场“饕餮盛宴”，桌子上鲍鱼龙虾无所不有。巴叶子有些无所适从。

热场热得差不多的时候，cc姐给巴叶子使了个眼色，暗示她站起来给一位老板敬酒。巴叶子完全没有领会cc姐的意图。她以为cc姐让自己夹桌子上的菜吃，就很客气地点了点头，夹了一块儿不小的龙虾肉到盘子里。

“美女，来，快陪我们这个老板喝一杯。”

刚刚把筷子递到嘴边的巴叶子大惊失色，心神忽然慌乱的她束手无策，又怕得罪人而不敢拒绝。

巴叶子不会喝酒。本以为欧阳希会替她解围开脱，谁想到她和那位亿万富商已经勾搭在了一起，根本顾及不上巴叶子。那个男人时不时地用咸猪手顺着欧阳希的腰往上摸，将猥亵展现得淋漓尽致。二人把酒言欢，卿卿我我。

服务员给分酒器装完红酒，在巴叶子的酒杯里倒了三分之一的酒。巴叶子只好端着酒杯，无力地站了起来，手微微颤抖。

“太没诚意了！怎么样也要满杯吧！”

被敬酒的衣冠禽兽色迷迷地盯着巴叶子惊惶的脸。

巴叶子骑虎难下，有点儿为难地看了一下cc姐，cc姐只是有所期待地看着她。这时，坐在巴叶子身边的另一副人面兽心的嘴脸，拿起分酒器，把里面的酒全部倒进了她的大酒杯。

“一口干哦！”

对于一个不胜酒力的人来说，连慢慢地小口下咽都需要勇气，何况是面对满满一杯子马上就要溢出来的酒。

所有人都看着巴叶子，包括欧阳希在内。她的脸顿时红得发烫，眼圈也有些发红。她使劲咬着嘴唇，眼中闪着的晶莹泪光似乎在下一秒就会滑落。她心中只有一个字，忍！她努力控制自己，一定不要让眼泪流下来。她悠悠一笑，硬生生地将泪水吞回了眼眶。

巴叶子脖子一抬，边把酒灌下去，食道里边涌上来翻江倒海的感觉。酒杯刚放下，她就感觉昏昏沉沉，却强装镇定。

短短几分钟时间，巴叶子仿佛度过了整个春夏秋冬。觥筹交错，烟雾缠绕，披着人皮的狼，左拥右抱着花枝招展的姑娘。巴叶子坐在这一群人之中，徒留一身悲伤。她突然觉得自己的自尊所剩无几。

巴叶子给欧阳希发了一个信息，说难受想回家，问欧阳希想不想和她一起走。欧阳希让她自己先走，说和 cc 姐打个招呼就行。

巴叶子走到 cc 姐身边，半蹲下来。

“cc 姐，我该回去了。”

“别走呀美女，一会儿我们去唱歌。”

“我就不去了姐姐，我唱歌不好听的。”

“不是让你唱歌啦，就是大家在一起乐呵乐呵。”

“真的不去了，家里有人在等我呢。”

“哦？是你男朋友吗？”

“不是男朋友，我结婚了。”

cc 姐感到惊讶万分。

“你一个女演员，这么有事业心，怎么可以这么早结婚呢？”

巴叶子付之一笑，不作声。

"结婚对男演员来说还好，影响不大，但对你们这些女演员来说就不一样了。这个圈子还是一个男人为主导的圈子，哪怕合作中对你能有一些幻想也是好的。能暧昧一下，甚至更进一步，那就更好了！但你只要说你结婚了，幻想从一开始就没有了，机会不就也没有了吗。"

巴叶子没有附和，她已经有些站不稳了。cc 姐问巴叶子要了电话。她拨给巴叶子，让巴叶子当面将自己的号码存起来，说下次吃饭还叫她。巴叶子临走前，cc 姐还不忘叫她再敬大家伙儿一杯。巴叶子说自己真的不能再喝了。cc 姐就让她喝一小口，意思一下就行。巴叶子带着此次一别，永生相忘，不必再见的心情又敬了一次酒。她出了宴会厅的门，就把 cc 姐的联系方式删掉了，连同几位大老板塞给她的名片，也通通撕掉，"潇洒"地往上空一抛，碎片如雪片般落下。

而靠"拉皮条生意"发家致富的 cc 姐，自然不会拘泥于手中多枚棋子中的一小枚——一个巴叶子"倒下了"，还有一个欧阳希"站起来"。

巴叶子凭借着自己必须顽强的毅力，脚下画十字，踉踉跄跄地走出了那个别墅区，打车走了。

车子开了一半的路程，巴叶子突然叫司机停车。司机也明白是什么意思，很紧急地停了车。巴叶子一下车就在路边狂吐不止。就这样，车子开开停停，巴叶子吐了三次才到家。

婆婆和安然一边嗑着瓜子，一边看着电视里的喜剧节目。听见开门声的婆婆脸色突变，巴叶子醉醺醺地进了家门。

"哟喂，回来了啊！"

“妈，这么晚了，我以为你们已经睡觉了。”

“你也知道都这么晚了啊，你这脸怎么了，猴儿屁股似的！”

“没事妈，喝了点酒。”

“你一个姑娘家，醉生梦死的，成何体统！”

婆婆走到巴叶子身边，见她一副“残花败柳”的样子，更是气不打一处来。

巴叶子不想做出任何解释，今晚的事只想彻底地烂在肚子里。安然也纳闷，欧阳希怎会有如此大的魔力，让一直以来拒酒于千里之外的巴叶子喝红了脸？他决定明天一问究竟。

“时间不早了，她也回来了，快去休息吧妈。”

安然轻推了下巴叶子，俩人一同进了屋。

巴叶子没有卸妆，穿着大红裙子，倒在床上秒睡，直到天亮。

“昨天喝得不错啊？”

安然一早给欧阳希发去信息，快中午时才收到她的回复。

“呀？你怎么知道的？”

“我家巴叶子可是从来都不喝酒啊，挺给你面子啊。”

昨晚听cc姐说巴叶子结婚了，难不成是和他？

“你俩不会是结婚了吧！”

“哈哈。”

“保密工作做得可以啊！怎么不通知大家啊？”

“她想低调，就顺着她呗。”

“什么时候结的呀？办事了吗？”

“去年，她刚毕业那会儿。她说不想办，我也不想费那事。”

“到底追到手了，我服你。”

“她昨晚都扶墙了！”

“她怎么跟你说的？”

“她什么也没说啊，是不是有情况啊你们？就你们三个女的吗？”

欧阳希是个有心计的人。她知道昨晚的事情上不了台面，既然巴叶子没说，她也不打算告诉安然。

“是啊，难得高兴嘛。”

“行，下次带家属啊！”

精神上的百般受虐，使得巴叶子近日来郁郁寡欢。安然观察出巴叶子情绪的变化，私下里跟老太太商量，毕竟老爷子还需要人照顾，劝她不宜在这里久留。婆婆听儿子的话，叫他好好盯着巴叶子的肚子，第二天就收拾包回家了。

第三十二章 DISANSHIERZHANG

欧阳希闲来无事，在校园网上上传了一组图片，并配文字“小聚，开心！”

这组图片中，有欧阳希和巴叶子的自拍合照，也有巴叶子敬酒时被欧阳希偷偷拍下的照片。好在，她特意屏蔽了安然。安然没有看见这组图片，校园网的老玩家火星却看到了。

乍一看，火星只觉得欧阳希旁边的那个女孩子面熟，和巴叶子有几分相像。放大后仔细一看，这不就是巴叶子吗！这就是现在的巴叶子？曾经的直发变成了卷发，一抹浓妆下，那原本清水出芙蓉，天然去雕饰的纯被胭脂粉末遮盖得破璧毁珪，纯粹的禾草盖珍珠、金子蒙污泥！

再看另一张照片中的她，更是今不如昔，巴叶子手举高脚杯，仰着直暴青筋的脖子猛地喝酒，脱俗气质消失得无影无踪。旁边坐着透过照片都能闻到酒气的粗野鄙俗男人，恬不知耻地拍着那双肥得快流油的手淫笑着。火星无论如何都无法将此场景里的姑娘和当年第一次在饭店里见到的那个干净小女孩联系起来。他宁愿被困到最初的相见。

“看你发的图，和你一起那个女孩是巴叶子？”

“是呀。”

“你们怎么到一起的？”

“我找的她呀。”

“感觉她变化好大。”

“你猜她和谁结婚了？”

“她结婚了？真的假的？”

“是啊，和安然。”

“Fuck！”

“怎么了啊？怎么这么大反应啊。”

“你觉得他俩配吗！”

“哈哈哈哈！”

“你笑什么啊！”

“安然太丑。”

“虽然他长得丑，但是他想得美啊！”

“这话听起来怎么酸溜溜的呢？”

“无可救药的两个人！”

挂了电话后的火星已是肝肠寸断，一种“事如春梦了无痕”的悲恸涌上心头。向来行事理智的他开始捶胸顿足，痛哭流涕，却只能因自己留下的巨大遗憾而追悔莫及。

时过境迁，沧海桑田，上学时暗恋已久，迟迟不敢与之靠近的女孩，现如今竟落在了安然手里。如果在校时能够鼓足勇气向巴叶子表白，或者找机会认识她，会不会自己也有一丝赢得巴叶子青睐的希望？论颜值、论家境，安然完全没有可比性。安然无非是沧桑点，银子多点罢了。可火星认为，如果自己到了安然的年龄，一定会比他更富有。论感情？火星觉得巴叶子除非是瞎了眼，才会对安然这样的人产生感情。那么圣洁的一朵鲜花，被生活活生生地插在了牛粪上。

秋婉心里的不安，大多源于心有不甘。她独守空房等了飞哥两年。飞哥回来的第二个星期因强制戒毒后复吸，按照《禁毒法》规定，再次予以强制戒毒两年。

秋婉的梦碎了，好像经历了一场漫长而艰辛的战役。两年的时间，自己等了一个自己都说不清是什么关系的人。如果再等上两年，对她而言是比梦想还遥远的遥遥无期。是时候和这样的日子说再见了，就这样结束吧。她决定离开飞哥远走高飞，彻底与这座城市告别。她想花掉那些“不干净”的钱，去环游世界，往后的日子，听天由命。

英伦随父母定居到了英国，继承了姥爷留给她的遗产。实际上，英伦的姥爷是一名英国人。

刚到伦敦不久的英伦美丽邂逅了一位风度翩翩的绅士。双方家族联合斥巨资为他们操办了一场殿堂级的浪漫婚礼，英伦和丈夫开启了崭新的幸福生活。

秋婉离开飞哥家，一个人拎着行李箱去了机场。在进航站楼之前，秋婉回头看了看北京的天空。她眼望苍穹，天空是那般暗淡、阴沉，引发无尽伤感。

令秋婉惊讶的是，在她起飞之前，飞哥给她打了一个电话，只有短短的几句话。

“你选择了一个对自己最有利的时机离开了我，所以你最好滚得远远的，一辈子别让我再看见你。”

飞哥让秋婉滚得远远的。可是为什么？秋婉听到这几句话却总是觉得，他是在让她回去。他在向她招手，他说他很寂寞、很孤独。他希望她等着他，等他出来的那一天……

秋婉没有说话。因为她不敢告诉他，她带走了他的一样东西，一样很重要的东西。

“今晚到海口，等我。”

秋婉给碧池发去了信息。她坐上北京飞往海口的班机，想把为碧池精心挑选的小礼物亲手送给她。

夜幕降临，飞机降落海口，窗外一片灰蒙蒙的。海口市气象台 10 月 5 日 22 时 32 分发布大雾黄色预警：海口出现能见度小于 500 米的雾并将持续。

此次出现的雾主要是由气温变化引起的，不是霾。可在秋婉心里，它就像北京的雾霾一样，沉重、黯然。

车窗外远处的空气好像浓稠的牛奶，把世界都浸润在里面，只有不远处一簇橘色的灯火透过浓浓的雾照到窗边，一米开外的地方甚至什么都看不清。被浓雾遮蔽下的世界是那么扑朔迷离，就好像一堵墙，把秋婉与远处的世界分开，让她不知道另一边发生什么。她觉得像一瓶白色的墨水被打翻了，墨水在空气中溢散开去。周身几乎都沾满了墨水，皮肤上有一种难耐的黏糊糊的感觉。肺里也好似装着些什么，想呼出去却又呼不出去，全身不舒服。

一种无助的恐惧，一声惊叫的呼喊，伴随着巨大惯性冲击和金属刮擦撕裂的声音，秋婉的眼前黑了……高速公路上，场面支离破碎，惨不忍睹。

当秋婉醒来的时候，已经躺在医院的床上。她第一次觉得自己离死亡那么近，仿佛只是隔着一层薄薄的白纱，她能清晰地窥视到它的容貌。秋婉流产了。她没有留住那个孩子，就像孩子的父亲永远不会承认他的身份一样。

这是秋婉第三次怀孕。医生说，由于秋婉的宫腔内膜损伤，以后生育的几率微乎其微。大脑发出指令后，秋婉慢慢坐了起来，却已感觉不到双腿的存在。高位截肢的她只剩上半身，所有的骄傲、自尊全部都灰飞烟灭，却异常地冷静与镇定。

病房里的秋婉父母哭红了双眼。医生安慰着他们：这么严重的一场事故，没有失去生命，已是不幸中的万幸。

秋婉不曾想到，竟是这样的契机使得一家三口重聚到一起。

秋婉妈妈告诉秋婉，两年前她已和一个相处一年的年轻美籍华人领证，是为了拿到美国的绿卡，为了让秋婉移民出国……既然女儿没有了大学上，总要为她铺以后的路。只是她没有告诉过那个男人，自己还有一个女儿。她担心满盘皆输，尽管她知道这样的行为有多危险。

碧池闻讯后含泪赶来了病房。秋婉见到她的时候，脸上绽放出了灿烂的微笑。那笑容看起来有多灿烂，碧池的心就有多痛。

“送你的礼物，我……”

“秋婉，你不要坚强着给我看好不好？我知道你很难过……”

碧池打断秋婉的话，上前一把将她抱住，抑制不住地失声痛哭。

“小池，不哭，这就是我的命。我们是‘命运的妓女’，它把我们都嫖了。”

“可是你和我不一样，你还有你的梦想，命运为什么对你这么不公平！”

“我不想再背负更多的东西。小池，你知道什么是哀莫大于心死么？”

碧池沉默了。秋婉让碧池金盆洗手。她决定将手里的一大笔钱全部给碧池，让她开家小店。碧池希望和秋婉合伙经营，挣的钱一起平分。秋婉含笑答应。

第三十三章 DISANSHISANZHANG

新年新气象，今天是个至关重要的日子。一位著名导演的副导演在学校毕业生资料库里发掘到了巴叶子，电话通知她去见组。如果本人和照片差距不大，试戏没有问题，就由导演当场定人。这是一个天赐的良机。如果事情成了，对巴叶子的 23 岁生日来讲，无疑是一份大礼。

巴叶子选择了大学四年的标配——身着运动服，脚踏运动鞋，甩着高高的马尾，神清气爽、胸有成竹地上了出租车。

出租车行进到一半路程时，巴叶子突然发现自己的手机没拿。见组地点的门牌号和楼层都在手机里存着，她只好让司机调头返回，时间在一分一秒地耽误着。

到了家的巴叶子来不及脱鞋，踮着脚直奔入卧室。只见安然正起身提着内裤，一个陌生女人就躺在巴叶子的床上，盖着巴叶子的被子。三个人同时陷入尴尬的窘境。她只对他淡淡地说了句，“在家等我回来。”

巴叶子拿上手机，又上了那辆出租车。她情不自禁地流泪了，妆也跟着花了。她越是控制，眼泪越是止不住地流。大面积拥堵造成车一步一停，偶尔还熄火，让本来就心堵的巴叶子感到头疼、恶心、想吐。

巴叶子将头发披散开，好一通按摩头皮，试图缓解。就在她下车前要把头发系上的时候，头绳崩断了。

车子到达目的地时，已经超出了约定时间。她只得用手捋了捋自己那不太顺溜的头发，却也无济于事。

见组完毕后，副导演让巴叶子回家等消息。在场的人一致觉得她没有想象中的出色，少了几分照片中的精气神。

回了家，就让暴风雨来得更猛烈些吧，即使巴叶子从不曾想到此等奇耻大辱会发生在自己身上！

“你为什么这样对我？”

“还不是因为你。”

“你要对自己的话负责任。”

“实话告诉你吧，我就是想找一个像你这种年轻漂亮的女孩儿结婚生孩子，家里也催了我这么多年了。但是结婚都一年多了，你不让我碰，也不让我亲，连拉个手都别别扭扭的，说出去谁信？让人笑掉大牙！我实在受够了！”

“她没有我漂亮。”

“但是她能给我你给不了的。”

“她能给你生孩子？”

“她能解决我一时之需，而你连这都不给。”

“所以你就用这样的方式？”

“我是个男人，还有更好的方式么？我供你吃住、供你穿戴，你呢，连一点儿回报都不给我，还成天在外面瞎折腾！你折腾出什么来了？放着稳定的日子你不过，天天把梦想挂在嘴边，梦想值几个钱！”

显然，巴叶子心中的一座城池，只是安然眼中的一片废墟。

“我想你应该好好反思一下自己身上的问题。你对我根本没有感情，你软磨硬泡了我四年，只是想让我给你生个孩子。你根本不是为了爱情而结婚，而是为了结婚而结婚！”

“那你呢？你敢说你嫁给我是因为爱情？”

“我们从一开始就是个错误。”

“那就将错就错吧。”

“我们离婚吧。”

“离婚？我无所谓，但是你要想好了。离了婚你是不可能在我这里再住下去的，我不会收留你。”

“知道，我会从你这里搬走。”

“你搬哪儿去？”

“回老家。”

“你父母会同意？他们不是特希望你和我过安稳日子么？”

“中年人的可怕之处不是保守和顽固，而是已经认命了。更可怕的是，他们想让自己的子女也认命。”

“呵，傻。”

"不傻也不会跟你结婚。我不想庸庸碌碌地过一生！"

"你还是想想怎么做你父母的思想工作吧。"

"他们当初只同意我嫁给你，不是把我卖给你。"

"实际上他们已经卖了。"

"我不会接受你的挑拨离间。"

"给你家买的那套房子，当时是100万买的，一个月之内，你还我80万就行。"

"你出轨，现在你还向我要钱？"

"婚姻法里，出轨只能作为认定夫妻感情破裂的原因，不能作为要求少分得财产的法定理由，何况房子是我买的，我有权利全部收回，但我不这么做。"

"你让我上哪儿去弄80万？"

"问你自己吧，谁让你要离婚呢。"

安然那张阴森的脸上浮着鄙夷不屑的笑意，让巴叶子像吃了苍蝇一样恶心作呕。

"我要是不给呢？"

"我可以告你啊，你结婚后不履行夫妻义务，想离婚还不还我买的房子？还有，你欠我的医药费呢？"

巴叶子开始对安然疾恶如仇。必须离婚，刻不容缓！不就是钱么，大不了回去把房子卖了。到头来还是委屈了自己的父母，刚住上大房子一年就被打回原形。她暗中发誓，有朝一日定会凭借自己的实力让父母住上比现在大十倍的房子。岁月摧败了房屋，但也繁盛了草木，盛和衰，都只不过是时间的问题。

两个人到了民政局，排了整整一上午的队。巴叶子尝到的是现实血淋淋的折磨。她感到的折磨并不是排队带来的折磨，而是因对安然的讨厌进行的自我折磨。

巴叶子错了，彻头彻尾地错了。她上大学的目的从来就不是为了毕业后的柴米油盐，而妥协也从来不是实现梦想的砝码。

英伦在伦敦生下了一个真正的混血洋娃娃，晋升当了年轻妈妈。这种“幸福生活”对于有梦的人来说是一种苟且，需要太多的“以小见大”“以偏概全”“以无声胜有声”。

来处即是归途，巴叶子没有带走安然为她添置的任何物品，在自己 23 岁生日的这一天，落叶归根。

曾经，有一副干净的面容出现在火星的生命里，可最后还是如雾般消散。而那个笑容，已成为他心中深深埋藏的一条湍急河流，无法泅渡。那河流的声音，从此成为他每日每夜绝望的歌唱。

在尚好的年纪里名利双收，或许是很多年轻人的梦。而尔文最大的遗憾，是没有读完自己梦寐以求的大学。她不再利欲熏心，只希望一步一个脚印地走好脚下的路。大环境里的空气不需要清新，有一丝对流即可。她想让一切都来得顺其自然，这种自然在她看来更有助于呼吸。

肖章回武汉办了一所艺术学校，而给学生们的保留表演练习，是“什刹海公园里的夕阳红”。

人们总是在黑暗中挣扎着，期盼未来能够看到梦想实现后的灿烂火花。谁都会怀疑，谁都会害怕，其实，才华和梦想都是很折磨人的东西。而梦想是需要有所牺牲的，就像被困在深井里的人，想要见到阳光就得忍受可能是永无止境的黑暗。巴叶子挣扎了太久，却依然困在井底，因为她的牺牲，还不能令这个世界满意。

秋婉的爸爸妈妈复婚了，他们希望弥补对秋婉缺失的爱。秋婉在每一个被幻肢疼痛折磨得无法入睡的夜晚都会望向窗外，思考自己的过往。无论是午夜几点，天空都被城市的霓虹染成了橘红色。